元彼女《モトカノ》…

『あなたが私をさがすとき』改題

草凪　優

祥伝社文庫

目次

第一章　新居探し

1

バターと生クリームの匂《にお》いで眼を覚ました。

日曜日の朝だ。

僕はくっつきそうな瞼《まぶた》を必死にもちあげて手を伸ばし、カーテンを開けた。朝日が清らかすぎて眼が眩《くら》む。枕元のデジタル時計はクールにＡＭ９：01を表示中。仕事から帰ってきてベッドにもぐりこんだのは、午前六時近かった。三時間ほどしか寝ていない計算になるが、どうやら起きなければならないらしい。

「克彦《かつひこ》さん」

鈴を鳴らすようなソプラノボイスとともに、梨子《りこ》が部屋に顔を出す。ピンクに白い水玉のラブリィなエプロンを着けた姿が、清らかな朝日よりまばゆい。

「ごはんできたけど、まだ寝てたい？」

「いや、大丈夫……」

僕は頭を振って体を起こした。梨子は可愛《かわい》い僕の恋人だ。たまには朝ごはんをつくってあげると言われ、快諾《かいだく》したのも僕だ。まさか昨夜のミーティングが、始発の時間まで続くなんて思ってもみなかった。

「いま起きる……すぐ起きる……顔を洗えばシャキッとする……」

呪文《じゆもん》のように唱えながら覚束《おぼつか》ない足取りで洗面所に向かい、顔を洗った。もう秋だ。水道の水も冷たい。それでも頭はシャキッとしない。眠くて怠《だる》くて眼が霞《かす》む。

わかっていたことだが、テーブルに着くとなおさら具合が悪くなった。

生クリームをたっぷり使ったクレープが並び、ジャムとかシナモンとかチョコレートがかかっていた。断っておくが、朝食だ。「朝っぱらからこんな甘いもんが食えるか！」という心の叫びをぐっとこらえる。見た目と匂いだけで胸焼けを覚えてしまうけれど、顔に出すわけにはいかない。

なにしろこれは、梨子の心づくしだった。梨子の母親は料理研究家で、彼女はその助手をしながらパテシエの勉強中。「朝にスイーツを食べると目覚めがとってもいいのよ」というのが口癖《くちぐせ》で、僕はその言葉を赤ん坊のように信じることにして、甘ったるいクレープをブラックコーヒーで無理やり流しこんでいく。

「どう？」

テーブルに頬杖《ほおづえ》をついた梨子が、上目遣《づか》いで見つめてくる。猫のようなアーモンド型の眼の中で、大きな黒い瞳がくるくる動く。

「桃のクレープっておいしいでしょう？　それにバナナにはやっぱりチョコよね」

「ああ」

僕は胸焼けをこらえてうなずいた。

「昨日は朝方まで会議だったんだが、おかげで眼が覚めた」

「ホント？　よかったぁ」

梨子は両手を胸の前で合わせて安堵《あんど》の笑みをもらした。チョコバナナクレープより百倍も甘い笑顔だった。その笑顔のためなら、朝から生クリームたっぷりのクレープくらい我慢しよう。本当は甘いものが苦手で、朝食は白いごはんに味噌汁《みそしる》がいいなんて口が裂《さ》けても言えやしない。

「コーヒー、おかわり飲む？」

「ああ、頼む」

「ふふっ、よかった。たくさん落としといて」

梨子は立ちあがってサーバーからコーヒーを注いでくれた。ひとり暮らし用のダイニングキッチンは狭《せま》い。テーブルからコーヒーメーカーが置いてある調理台まで、一メートルにも満たない。そこを往復するだけなのに、梨子は軽やかにスキップをする。わざとやってるわけではないだろうが、そういうふうに見える。

可愛かった。

スキップすると、お嬢様っぽいセミロングの黒髪が肩で跳《は》ね、水玉エプロンの下で胸のふくらみがはずんだ。

たまらなく可愛らしい。

女の子がこれほど可愛い生き物だったなんて、僕は二十七年間生きてきて初めて知った。梨子はいちおう二十三歳のいい大人だから、女の子なんて言ったら失礼かもしれない。しかし、女でも女性でも女子でもなく、女の子と呼びたくなる可憐《かれん》さや愛くるしさが、彼女にはたしかにあった。

「梨子の言ってたこと、本当だな」

僕は二杯目のコーヒーを口に運びながら言った。

「たしかに甘いものは眼が覚める。元気が出てきたよ」

相手を喜ばせる嘘《うそ》は、嘘ではない。

「ふふっ、よかった」

　梨子はふっくらした頬をピンク色に上気させ、まぶしげに眼を細めた。しつこいようだが、本当に可愛い。僕の眼が覚めたのはクレープのせいではなく、まばゆいばかりの彼女の笑顔のおかげだった。

　今日は久しぶりにデートをすることになっていた。

　正確にはデートではないが、このひと月くらい休日に外出していないから、梨子はたぶんそんなふうに思っている。

　ふたりで暮らすための部屋を探しにいくのだ。

　いまでも梨子に鍵《かぎ》を預けてあり、半同棲のような生活を送っているが、ここは学生時代から住んでいる１ＤＫなのでさすがに狭い。衣装持ちである梨子の荷物を運びこむスペースがない。

　それに最近、僕の仕事が忙しすぎて、ゆっくり会える時間がとれなかった。ならば一緒に住んでしまおうか、そうすれば朝飯くらいは毎日一緒に食べられるんじゃないかと口走ると、梨子は餌《えさ》を見せられた仔犬のように、「ホント？　ホントにホント？」と尻尾《しっぽ》を振って食いついてきた。

　なんだか結婚を焦《あせ》ってるみたいでみっともないぜ、と僕は思ったが言わなかった。愛されてる実感があったからだ。梨子の愛情表現はいつだって演技過剰の田舎芝居《いなかしばい》じみていたけれど、あふれる愛情だけはきっちりと伝わってきた。

2

ふたりで暮らすならどうしても住みたい街があるの、と梨子は言った。

朝食を終えると、僕らはその街に向かった。

山手線《やまのてせん》で渋谷《しぶや》まで行き、横浜に向かう銀色の私鉄に乗り換えて十分ほど。改札を抜けると、洒落《しやれ》たレストランやカフェ、花屋や雑貨屋が賑々《にぎにぎ》しく軒《のき》を連ねる商店街に出る。賑々しいのに、洗練されたおしゃれな雰囲気《ふんいき》があり、女性誌のアンケートではたいてい住んでみたい街のベストスリーにランクインしている。

「あのね、克彦さんにとっても、この街に住むのはとってもいいことだと思うの。食べ歩きもできるし、食器やクロスやキッチンまわりの小物を売ってる店だってたくさんあるし。お仕事のためになると思う」

僕は外食チェーン企業の本部に勤務しているから、梨子の意見はもっともかもしれない。ちょうど新店舗の開発をひとつ、任されたばかりだ。住んでる街で食器やクロスを調達できれば便利だろうし、日常的に眺める機会が多くなればセンスを磨《みが》くことだってできる。

　とはいえ……。

　ほんの少し前まで、僕はこの手の街が苦手だった。もっとはっきり、大嫌いだったと言ってもいい。

　たとえば、目の前に南欧《なんおう》風の店構えの雑貨屋がある。外国製の皿やグラスや調理器具、リネン類なんかを扱っている店で、出入りしている客は二十代から三十代のカップルだ。一見して、新婚夫婦か、同棲を始めたばかりとわかる。

　嫌《いや》な感じだった。こういうおしゃれな街に一緒に使う食器を探しにくるようなカップルは、たいてい男が女に仕切られている。雑貨屋のカラフルな棚の前で「これ可愛くない？」と女に言われ、ヘラヘラ笑っているような男はアホだ。去勢されている。そういう男にだけはなるまいと思っていたのに、現実はかなり危うい。

「ねえ、どう？」

　梨子が身を寄せてきてささやいた。

「毎日の散歩コースがこんな感じなんてうきうきしちゃう。食器とかって、デパートでまとめて買いそろえるより、毎日の生活の中で少しずつ集めていったほうがいいと思うの。

ここなら、買い物のついでに料理に合わせて新しい食器を買ったり、逆に食器に合わせて料理を考えたりできるもん」

「まあ、そうかもな……」

僕は力なくうなずいた。かつて自分が馬鹿《ばか》にしていたタイプの男に成り下がっていく予感が、リアルにこみあげてくる。

しかし、それほど気分が悪くないから複雑だった。

道を歩いていると、すれ違う男たちに何度も振り返られた。

梨子が可愛いからだ。

顔立ちはもちろん、お嬢様っぽいセミロングの黒髪や、ピンクのカーディガンに白いミニスカートという甘いお菓子のような雰囲気が、いかにも「お嫁さんにしたい」オーラに満ちていて、この街によく似合っているせいだろう。

自分の彼女が道行く野郎どもを振り返らせて、気を悪くする男はいない。誇らしいに決まっている。

僕は間違っていたのかもしれない。

家のことなんて女に仕切らせて涼しい顔してるのが大人の男ってもんさ、ともうひとりの自分が耳元でささやく。たとえ尻に敷かれていても、他人の眼には去勢されているように見えたとしても、余裕で受け流していればいいではないか。

「ねえ、克彦さん……」

梨子が近くの雑貨屋を指差した。

「あそこのお店、すごい可愛くて素敵。ちょっとのぞいてみない？」

「んっ？　いや……」

僕は苦りきった顔で答えた。

「雑貨屋もいいけど、まずは不動産屋に行こうぜ。ほら、優先順位ってやつがあるだろ。こうやってふたり揃《そろ》って部屋を探しに来れる機会だってそうそうないだろうし、できれば今日中に決めちまったほうがいい」

梨子はしまったという表情で頬に手をあてた。

「ごめんなさい。そうよね。住んだらいつでも来れるわけだし」

「ああ」

うなずきながら、僕は言い訳があって助かったと思った。いくら梨子が可愛くても、女と一緒に食器を眺めてヘラヘラ笑っていられる自信は、僕にはまだなかった。

3

「やだ、素敵」

　梨子のソプラノボイスがはずんだのは、不動産屋の営業マンが三つ目に紹介してくれた部屋に入ったときだった。

　高台に建つマンションの七階。間取りは２ＬＤＫ。角部屋だからすべての部屋から街が一望できる。とくにリビングからの眺めは素晴らしく、ベランダに出るとさらに抜群の眺望が迎えてくれた。

　僕と梨子は肩を並べてベランダの柵《さく》に肘《ひじ》を乗せ、風を顔で受けとめた。

「ねえ、克彦さん。わたし、ここがいい。この部屋に住みたい。こんな素敵なところで克彦さんとふたりで暮らせたら、最高に幸せ」

「ああ、悪くないな」

　僕は大きく息を吐きだした。頬を嬲《なぶ》る風が冷たく、冬の匂いを含んでいた。高所で感じる風は、少しばかり季節を先取りしているのかもしれない。

「滅多《めった》に出ない分譲タイプの賃貸物件なんですよ」

不動産屋の営業マンは得意げに胸を張り、僕の手に鍵を預けた。

「私は先に店に戻ってますから、どうぞごゆっくり見ていってください。環境も設備もここ以上のものはちょっとないですし、お値段のわりには間取りも広いですから」

なかなか商売がうまいじゃないか、と僕は胸底でつぶやきながら営業マンを見送った。

家賃が安いかわりに狭かったり、築年数が経っている物件を先に見せておいて、もっとも高くて、もっともいい物件を最後に見せる——単純なやり方だが、効果は絶大だった。とくに梨子のはしゃぎ方は普通ではなく、不動産屋が帰ってしまうと一気にテンションがあがった。

「ここにテーブルセットを置いて、あっちにはテレビとソファを置くでしょ。カーテンは明るいオレンジ色がいいな。コーナーには観葉植物を飾って、ベランダではハーブを育てるの。ミントとかバジルとかワイルドストロベリーとか、空中庭園みたいなイメージの部屋にしたいな」

スリッパをパタパタ鳴らして部屋中を歩きまわる梨子の姿は、他人が見れば背中が痒《かゆ》くなるものかもしれない。だが僕にはキュートに見える。いささか家賃は高かったが、僕はこの部屋に引っ越してくることに決めた。

「ベッドはどうする？」

はしゃぐ梨子に声をかけた。

「ダブル？　ツイン？　それとも、部屋が振り分けになってるから、それぞれ別に寝るかい？　そのほうがお互いの生活のペースが守れるかもね」

「……あり得ない」

梨子は頬をふくらませて挑むように睨《にら》んできた。

「克彦さんの意地悪。一緒に暮らすのに別々の部屋なんて……」

「じゃあ、ダブルベッドで毎晩抱きあって寝る？」

梨子はふふっと相好《そうごう》を崩《くず》し、茶目っ気たっぷりにツンと鼻をもちあげた。

「できれば天蓋《てんがい》付きのベッドで。お姫様みたいなやつ」

「それはきついな」

僕は苦笑して梨子に近づいていった。腰を抱き寄せ、顔をのぞきこむ。梨子は背が高くないから、顎《あご》がもちあがった。僕はチャンスを見逃さず、唇《くちびる》を奪《うば》った。サクランボのような梨子の唇に、チュッと一瞬の軽いキス。

「もうっ！　なにするの……」

梨子はアーモンド型の眼を真ん丸にしたが、

「この部屋に住もう」

僕の言葉に息を呑み、見開いた眼をすっと細めた。

「本当？」

「ああ」

「でも家賃高いよ。無理してない？　わたしもちょっとは出すつもりだけど……」

「心配すんな。先月から主任手当が付いたから大丈夫」

梨子はまだ息を呑んでいる。見つめあう眼が潤《うる》んでくる。梨子の大きな黒い瞳は、見つめあうとすぐに潤む。

「嬉しい」

嚙《か》みしめるように言い、体を預けてきたので、僕は受けとめた。小さな体軀《たいく》が歓喜に震えていた。正直に言えば主任手当なんて一万円ポッキリだったから、小遣いがずいぶん少なくなってしまうだろうけれど、かまいやしない。梨子がこれほど喜んでくれるなら、金になんてかえられない。

ただ、不安がないわけではなかった。

この部屋で梨子と暮らしはじめるということは、近い将来、彼女と結婚するということに他ならない。梨子は二十三歳。若いが結婚を望んでいる。僕は二十七歳。若いかどうかは微妙なところだが、なるべく早く身を固め、まわりから一人前の男として見られたいと思っている。結婚に対する障害はなにもない。

そもそも、料理研究家である彼女の母親が僕の父親の古い知り合いなので、最初からいい加減な付き合いはしていなかった。半年前に初めて体を重ねたときから、結婚を意識していた。

それでも、いざとなると不安が胸を揺さぶる。収まるところに収まってしまうのかという恐怖にも似た諦観《ていかん》が、気持ちを沈みこませる。

梨子を見た。

見つめ返してきた黒い瞳は潤みすぎていて、いまにも泣きだしてしまいそうだった。梨子も僕と同じように、結婚に対して思いを馳《は》せていたのだろうか。子供のころから将来の夢はお嫁さんと言っていたらしいから、想像しただけで感極まってしまったのかもしれない。意見が分かれるところだろうが、僕にとってはそういうところがどうにもツボだ。

「仕事が忙しいからすぐには無理だけど……」

僕の声は緊張に掠《かす》れていた。

「結婚、しような」

「……えっ?」

突然のプロポーズに、梨子は絶句した。僕の悪い癖だった。石橋を叩いて渡ることができない。恐怖を感じると、眼をつぶって走りだしてしまう。たとえ、渡れるかどうかわからない橋であったとしても。

「なんだよ。俺と結婚したくないの？」

梨子は音がしそうな勢いで首を横に振った。

「お嫁さんになってくれる？」

梨子が涙眼で何度もうなずき、僕は彼女の唇に唇を重ねた。今度はさっきのような軽いキスではなく、息のとまるような抱擁《ほうよう》とセットになった深いキスだ。恐怖や不安を振り切るように唇を吸い、梨子の口内に舌を差しこんでいく。

梨子は眼の下をねっとりと紅潮させながら、ディープキスに応えてくれた。はずむ吐息をぶつけあい、唾液《だえき》と唾液を交換した。抱擁が強まっていく。

恥ずかしがり屋な梨子は、街中で手を繋《つな》ぐことを許してくれない。薄暗くした密室以外ではキスにも応じてくれないし、無理やりすると「もうっ！」と眼を丸くして頬をふくらませる。そう、さっきみたいに。

だが、そんな彼女も、「結婚しよう」という殺し文句には敵《かな》わなかったようだ。梨子のようなタイプの女の子に、プロポーズは最強の切り札だった。弱みにつけこむようで申し訳ないけれど、せっかくだからもう少し大胆になってもらおう。

僕は勃起《ぼっき》していた。

抗《あらが》いきれない本能的な衝動が、身の底からこみあげてきた。

うっとりとキスに淫《いん》していた梨子が、不意に眼を白黒させた。僕の両手が、ミニスカートに包まれた小さなヒップをつかんだからだ。そのまま撫《な》でまわした。自分でもオヤジじみていると思えるようなねちっこいやり方で、丸みを帯びた尻のカーブを吸いとるように手のひらを這《は》わせていく。

「……やだ、こんなところで」

梨子が口づけをといて言う。

「キスだって恥ずかしいのに……」

「たまにはこんなところでしちゃうのも、刺激的なんじゃないか？　きっと興奮するよ。俺はもうしてるけど……」

僕は股間を梨子のお腹に押しつけた。男性器官の隆起を感じて、梨子の頬がみるみる生々しい桜色に染まっていく。

「ああっ、ダメ……」

梨子はいやいやと身をよじって逃れようとした。僕は逃がさなかった。ミニスカートをめくりあげて、ざらついたストッキングに包まれた丸いヒップを撫でまわす。

「お願い、克彦さん……」

「お嫁さんになってくれるんだろ？」

僕の言葉はほとんど脅迫《きょうはく》に近かった。

「この部屋で、一緒に住むんだろう？　ふたりで暮らしていくんだろう？　だったらいいじゃないか」

開けっ放しの窓から冷たい風が吹きこんできた。寒くはなかった。手のひらに感じる丸々としたヒップのカーブが、僕の体を火照《ほて》らせていた。指を食いこませると、空気をパンパンに入れたゴム鞠《まり》のような揉《も》み心地がした。

梨子も寒くはないようだった。僕の口づけと愛撫《あいぶ》に翻弄《ほんろう》され、ふっくらした頬がどんどん紅潮していく。僕の手は彼女のヒップから腰、そして胸のふくらみへと移動していく。

恥ずかしいくらい、鼻息が荒くなっていた。翻弄されていたのは僕のほうかもしれない。初めて触るわけでもないのに、梨子の体にはいつだって新鮮な感動を覚える。服の上からまさぐっているだけで、いてもたってもいられなくなってくる。

「んんっ……いやっ！」

梨子は不意に激しく身をよじると、僕を突き飛ばすようにして腕から逃れた。こういうときの彼女は、小動物のように俊敏《しゅんびん》だ。

「おい、待てよ……」

「ダメ。夜までおあずけ。わたし、今日は克彦さんの部屋に泊まってくるって、ちゃんと親に言ってきたんだから」

頬を桜色に染めた顔に恥ずかしげな笑顔を浮かべると、再びパタパタとスリッパを鳴らして部屋中の窓を閉め、ミニスカートを翻《ひるがえ》して玄関に駆けていった。

4

夜になるのが待ちきれなかった。

それでも待たねばならないのが、男のつらいところだ。

内見した部屋から不動産屋に向かった僕らは、入居申込書を書き、梨子お勧めのトラットリアでパスタとピザを食べてから帰宅した。

ようやく帰ってきたという気分だったが、そこからがまた長かった。

梨子は興奮にまかせてベッドに雪崩《なだ》れこむことを好まない。僕がしようとしても断固拒否して、バスルームで体をぴかぴかに磨きあげ、洗いたての下着に身を包まなければ、抱かせてくれない。体の匂いを嗅《か》がれることが恥ずかしいという。

だから超のつく長風呂だった。

先にシャワーを浴びて待っている僕が、缶ビールを二本飲んでもまだ出てこない。あまりに遅いので抗議の意味をこめて先に寝てしまおうかとも思ったが、今日ばかりはそういうわけにもいかなかった。

デートも久々だったけれど、セックスだって久々なのである。

マンションの内見中に行なった悪戯《いたずら》のせいで、不動産屋で契約の話をしていても、それなりに気が利《き》いた店で食事をしていても、僕の頭の中はセックスだけに占領されていた。ベッドに入ったらああしてやろうこうしてやろうと、妄想をふくらませていたのだ。いまだって缶ビールを飲みながら、早くもペニスを硬くみなぎらせている。

「……克彦さん」

ようやくバスルームから出てきた梨子が、扉をノックした。いつものことだった。下着姿になっているから照明を暗くしてくれという合図である。

初めて寝るわけでもないのに、まったく羞《は》じらい深い女の子だった。

梨子とのセックスではこの手のエピソードに事欠かないが、僕は梨子のそういうところが嫌いではなかった。恥を知らない女より、知っていたほうがいいに決まっている。羞じらう女にこそ、男は欲情を揺さぶられるのである。

僕は立ちあがって壁のスイッチを押し、蛍光灯を消した。かわりにナイトテーブルのスタンドをつける。ダークオレンジのぼんやりした間接照明が、部屋から日常生活の痕跡《こんせき》を隠し、メイクラブのムードをつくりあげる。

部屋に入ってきた梨子は小走りにベッドに向かい、素早く羽毛布団《うもうぶとん》にもぐりこんだ。チラリと見えたランジェリーはパールピンクだった。彼女のワードローブは白とピンクが圧倒的に多い。下着も光沢のあるお姫様カラーを好んで着ける。

僕もパジャマを脱ぎ、ブリーフ一枚になって布団に入っていった。

待たされた報酬がそこにあった。

時間をかけてバスルームで磨きあげてきた素肌は艶《なま》めかしい桜色に上気し、甘く匂う熱気を放っていた。パールピンクのブラジャーとショーツは、下着というよりお菓子を包んでいる包装紙のようだ。

「なんか、やだ……」

梨子が見つめあうのを拒否するようにしがみついてくる。

「んっ？　どうかした？」

僕は梨子の黒髪を撫でた。シャンプーの残り香がツンと鼻をつく。

「だって……」

梨子は甘えた声を出し、僕の胸板に鼻を押しつけた。

「わたし、この人と結婚するんだなって思ったら、なんか……」

「なんか？」

「……照れる」

僕の胸板に押しつけられた梨子の顔は、みるみる熱くなっていった。

「照れるっていうか、恥ずかしいっていうか……名字も変わって、この人のものになるんだって思うと……」

「俺は興奮するよ」

梨子の耳元でささやいた。吐息がくすぐったかったのだろう。梨子はぶるっと震《ふる》えて息を呑んだ。

「一緒に住んで、毎晩こうやって寝られると思うと、ほら、もうこんなだ」

僕は梨子の手を取り、自分の股間に導いた。盛りあがったブリーフに、小さな手のひらを押しつけてやる。

「やだ、もう……」

梨子は眉根《まゆね》を寄せた困惑《こんわく》顔で眼を泳がせた。付き合いだして半年、回数にしてゆうに二十回以上の夜を一緒に乗り越えているのに、梨子の反応は最初に寝たときから変わらずに初々《ういうい》しい。困った顔がたまらなくそそる。

気まずげに開かれていた唇に、唇を重ねた。舌を差しだすと、梨子も舌を差しだしてくれた。梨子の舌は小さくてつるつるしていて、夢中で舐《な》めしゃぶらずにはいられない。梨子も照れくささを隠すように、情熱的に舌を動かす。すぐに音が立つほど熱烈なディープキスになっていく。

舌をしゃぶりあいながら、僕は梨子の体をまさぐった。首筋を撫で、背中をさすり、白《はく》磁《じ》のようになめらかな素肌にうっとりする。胸のふくらみに手を伸ばし、シルクのブラジャーに包まれた乳房を揉みしだく。

やわやわと軽く揉んだだけで、梨子はせつなげに眉根を寄せた。恥ずかしがり屋のくせに、いや、そのせいなのかもしれないけど、梨子の体は敏感だ。ブラ越しにもかかわらず、揉むほどに身をよじり、呼吸がはずみだす。湯上がりで火照っている素肌に、汗が浮かんでくる。

僕は背中のホックをはずし、ブラのカップをずりあげた。

肉まんによく似た形をしている、手のひらサイズの乳房が姿を現わす。

けっして大きくはないが、可愛い梨子にぴったりな可憐な乳房だった。形がよく、色が白い。おまけに乳首は、素肌に溶けこんでしまいそうなほど透明感のある淡《あわ》い薄紅《うすべに》色。

「やあんっ……」

生乳を揉みしだいてやると、梨子は声をこらえきれなくなった。僕の呼吸もはずんでいる。しかし、欲情にまかせて乱暴に扱ってはならない。梨子の体は繊細だった。やさしく扱ってやればやるほど、感じるタイプなのだ。

柔らかなふくらみをじっくりと揉んだ。

淡い薄紅色の乳首が尖《とが》ってきた。色はどこまでも清らかなのに、尖り方には大人の香りがした。どこか物欲しげな雰囲気でピンと突起し、刺激を求めている。

僕は吸った。グミのような感触のする乳首を口に含み、舌で転がしながらふくらみを揉みしだいた。

梨子は愉悦《ゆえつ》に顔を歪《ゆが》ませて、僕の頭を抱きしめる。僕の顔を可憐な肉の隆起に埋め、身をよじって悶《もだ》える。素肌をじっとりと汗ばませ、全身を熱く燃やしていく。布団の中に甘ったるい熱気がこもってくる。

いつもより興奮しているようだった。

プロポーズを受けた歓喜が、いまだに続いているのだろうか。それとも、二十三歳の健康な体が、恥ずかしがり屋の殻《から》を破って、セックスに目覚めたがっているのか。

どちらもありそうだった。

僕は右手をおずおずと梨子の下肢に這わせていった。乳房に負けず劣らず魅惑に満ちた太腿《ふともも》を撫でまわし、揉みしだく。指がショーツをかすめた。つるつるしたシルクの生地が、大切な部分をぴったりと包んでいる。そこも撫でる。梨子の体の中でもっとも女らしいカーブの上で、中指を尺取り虫《しゃくとりむし》のように這いまわらせる。奥に向かってすべり落としていく。

「ああっ、いやっ……」

梨子はぎゅっと太腿を閉じて、指の侵入の邪魔をした。触れられることを羞じらっているわけではない。梨子の女の部分はショーツ越しにも湿り気が伝わってきたから、それを羞じらっているのだろう。まだ始まったばかりなのにこんなに濡《ぬ》らして、いやらしい女だと思われちゃう――そんな心の声が聞こえてくるようだ。

むろん、僕には微笑《ほほえ》ましい反応だった。

微笑ましいし、興奮する。もっと濡らしてやりたくなる。

どういうわけか、梨子が相手だと僕の愛撫はひどくねちっこくなった。なんだか中年オヤジになったみたいだ、といつも思う。あとで思い返して、俺ってなんてむっつりすけべだったんだろうと、顔から火が出そうになることもある。

それでもねちっこく責めずにはいられないのはきっと、梨子のせいだ。責任転嫁しているわけではなく、梨子という存在が僕のそういう部分を引っぱりだしているのだ。

男と女の関係には、化学反応のようなところがある。A子を愛している僕と、B子を愛している僕は違う。それは自然なことなのだろうと思う。恋愛がうまくいくかどうかは、そのときの自分を好きになれるかどうかが鍵なのではないだろうか。

ショーツを穿《は》かせたまま、女の部分を執拗《しつよう》にいじっていると、

「ああっ、いやっ……いやいやいやっ……」

梨子は声を涙ぐませて首を振り、顔を真っ赤に染めあげていった。耳まで真っ赤だった。その耳に、僕は熱い吐息と淫《みだ》らな言葉を注ぎこんだ。

「なあ、ここにキスさせてくれよ」

シルクの生地に包まれた女の大切な部分をなぞる。

「……えっ？」

梨子が困った顔で見つめてくる。眉をひそめ、唇を震わせ、返事に困って視線を泳がせる。

恥ずかしがり屋の彼女は、いままでオーラルセックスを許してくれたことがない。フェラチオもクンニリングスもＮＧだ。経験が浅いからしかたがないと、僕は無理強《じ》いしなかった。チャンスが来るまでじっと我慢してきたのだが、いまなら押しきれそうだった。フ

エラかクンニか、せめてどちらか許してほしい。そうすれば、いままでよりもっと深く、梨子のことを愛することができそうだ。

「なあ、いいだろ？　もっと気持ちよくさせてやりたいんだ」

ショーツの上から柔らかい肉を刺激すると、

「うっくっ……」

梨子はぎゅっと眼をつぶり、長い睫毛《まつげ》を震わせた。

「なあ、いいだろ？　なあ……なあ……」

「……き、嫌いにならない？」

悶えながらも薄眼を開け、恨みがましく見つめてくる。

「そんなことして……わたしのこと嫌いに……」

「なるわけないじゃないか」

僕は指を動かすのをやめて微笑んだ。どうやら、嫌いにならなければクンニをしてもいいらしい。ついに、梨子のいちばん大切な部分を舐めることができるのだ。顔の筋肉を意識して引き締めていないと、嬉しさのあまりだらしなく弛緩《しかん》してしまいそうだった。

布団を剝《は》いで梨子の足の方に移動した。

パールピンクのショーツが、股間にぴっちりと食いこんでいた。涎《よだれ》が出そうな眺めだった。白く張りつめた太腿と、こんもり盛りあがったヴィーナスの丘のハーモニーが、たまらなく悩殺的だ。可愛らしさといやらしさが、なんの矛盾もなく共存している。

僕はショーツの両脇に手をかけた。

サクッと脱がせてしまうのはもったいなかったけれど、梨子の気が変わってしまったら元も子もない。果物の薄皮を剝がすようにショーツを脱がしていくと、梨子はうめき声をあげながら真っ赤に染まった顔を両手で覆《おお》った。

その下半身では、黒い草むらが露《あら》わになっていた。縮れの少ない纖毛《せんもう》が、可愛いハート型に茂《しげ》っている。触ると猫の毛のように柔らかいのだが、今日はひとまずおあずけだ。

僕は手早くショーツを梨子の脚から抜いていった。

「ああっ、いやっ……やっぱり、いやっ……」

股間を隠すものを奪われた梨子は、しきりに太腿をこすりあわせて抵抗した。僕はもうとまらなかった。両膝をつかんで左右に割った。強引にM字開脚だ。その中心で、梨子の花が咲いた。アーモンドピンクの色艶《いろつや》が、眼にしみるほど卑猥《ひわい》だった。

「みっ、見ないでっ……」

剝《む》きだしの恥部を隠そうとした梨子の両手は、けれども僕に阻止《そし》される。僕は両手で梨子の手首をつかみ、肘を使って太腿を押さえ、M字開脚をキープした。

必然的に僕の顔は梨子の股間に近づいていった。

むっと鼻先で揺らいだ。興奮の証左である熱気と湿気だった。僕は吸い寄せられるように、アーモンドピンクの花びらにキスをした。体の他の部分にはない、くにゃっと柔らかい感触を唇に感じた。

「ああっ、いやっ……いやいやいやっ……」

梨子が声をあげて背中を反《そ》らせる。左右にひろげられた白い太腿をぶるぶると震わせて、恥辱に悶える。

僕はその姿に鼓動を乱しながら、舌を差しだした。アーモンドピンクの花びらは妖しく縮れながら、巻き貝のように身を寄せあっている。僕は薄闇に眼を凝《こ》らし、まずは花びらの表面に唾液をまぶしていく。下から上に、下から上に、やさしく舐めまわしてやると、次第に合わせ目がほつれてきて花びらは左右に口を開いていった。

薄桃色の粘膜が現われた。

その新鮮な色合いに驚いた僕は、瞬《まばた》きも呼吸も忘れて凝視してしまう。薔薇《ばら》のつぼみのように幾重《いくえ》にも重なった肉ひだが、深紅やピンクや鮭肉色や、カラフルな色のカクテルをつくりだして陶酔《とうすい》を誘う。

「ああっ、お願い、克彦さんっ……もうっ……もうやめてっ……恥ずかしいからもう許し

て っ……」

切羽詰まっていく梨子の声を耳で感じながら、僕は夢中で舌を動かした。夢中にならずにいられなかった。梨子はしきりに恥ずかしがっているけれど、やめるつもりはなかった。男にとって、クンニリングスは特別に意味がある愛撫だと思う。少なくとも、僕にとってはそうだ。

女を感じさせたいという目的は、もちろんある。

だがそれ以上に、相性がはっきりする。

愛を確認できると言ってもいい。

たとえ匂いや味が強くても、好きな女なら気にならない。それどころか、愛おしく感じることができる。

梨子の場合は、匂いも味も少なかった。本当はあるのかもしれないが、僕にはほとんどなにも感じられない。そう感じられるのもひとつの結論だと思う。要するに、相性がいいのだ。

いままで拒《こば》みに拒んでいた部分に口づけをされ、舐めまわされている梨子は、可愛い顔を真っ赤に上気させて羞じらいの海に溺《おぼ》れかけていた。

それでも、体は反応してしまう。

舌がつぼみの奥まで入っていけば、腰が跳ねあがる。太腿が波打つ。M字開脚によって宙に掲《かか》げられた足指が、なにかをつかむように折れ曲がっていく。

口ではいやだのやめてだのと言いつつも、間違いなく感じているようだ。

呼吸がはずみ、白い素肌が生々しいピンク色に染まっていく。それが甘い匂いのする汗でコーティングされ、若さに似合わない色香を放つ。

もちろん、感じているなによりの証拠は他でもない。

舌を動かして舐めるほどに、薄桃色の粘膜から匂いたつ粘液があふれてきた。僕の舌先が、肉の合わせ目にある真珠によく似たクリトリスに到達し、ねちねちと転がしはじめると、その量は倍増した。あっという間に、僕の口のまわりをびしょびしょに濡らし、頬や顎にまで女の匂いを染みこませてきた。

梨子を見た。

愛してなけりゃこんなことできないんだぜ、と言おうとして思いとどまった。

あられもない大股開きで悶絶している梨子のほうに、ずっと愛を感じたからだ。

愛してなければこんな格好見せるなんてあり得ない——そんな心の声が聞こえてくるようだった。

僕がクリトリスを吸いたてると、梨子はひときわ甲高い悲鳴をあげ、眼尻に涙さえ浮かべてのたうちまわった。

5

苦しさが限界に達して僕はクンニリングスを中断した。

夢中になりすぎて、呼吸ができなかっただけではない。ブリーフに閉じこめられた男の器官が、いきり勃ちすぎて苦しいのだ。

僕は女陰から口を離して、M字開脚に押さえこんでいた手を離した。梨子は全身を弛緩させてハアハアと息をはずませた。しかし、僕がブリーフを脱いで勃起したペニスをさらすのを横眼で見ると、すぐに次の行動に移った。そそくさとベッドの下に置いてあった自分のバッグに手を伸ばした。

いつもの儀式だった。

梨子がバッグから取りだしたのはコンドームだ。慣れた手つきでパッケージを破くと、フレンチネイルに飾られた指で先端の突起をつまみ、僕のペニスを○・○二ミリのゴムでぴったりと包みこんでいく。普通は男が自分で着けるものだと思うが、彼女は自分で装着しないと落ち着かないらしい。

「わたし、結婚してもしばらく子供はいらないから……仕事を納得いくまでやってみたいし、克彦さんとふたりきりの生活を楽しみたいし……」

ペニスに極薄のゴム皮膜《ひまく》を被《かぶ》せながら、口の中でもごもごと言い訳がましくつぶやいている。梨子はいつもこの作業のとき申し訳なさそうにしているが、僕にも異論はなかった。僕だって子供を持つ前に仕事で結果を出したいし、梨子とふたりきりの甘い生活を思う存分味わいたい。

それに、この儀式自体も嫌いではなかった。

最初にベッドインしたときから梨子はバッグにコンドームを忍ばせていてびっくりさせられたが、それ以降もいつもそうだった。恥ずかしがり屋の彼女が、どんな顔をしてコンビニのレジに極薄ゼリー付きの高級スキンを差しだしたのか想像すると、なんとも言えない興奮を覚えた。装着はかならず自分の手で、というこだわりも変と言えば変なのだが、先端の突起をつまむ手つきや、まなじりを決して作業する顔つきが妙にエロティックなので、僕はいつも息を呑んで見つめてしまう。

ペニスの根元まで薄いゴムが被せられると、僕は彼女をベッドに押し倒した。両脚の間に腰をすべりこませ、クンニリングスによって蜜《みつ》をあふれさせている部分にペニスの切っ先をあてがった。

「いくよ……」

梨子がうなずく。祈るような表情で、僕を見つめてくる。潤んで細められた眼から伝わってくる熱情が、僕の興奮をマックスにいざなっていく。

腰を前に送りだし、梨子の中に入っていった。

梨子のそこは狭い。しかし、いつもより濡れていたから、いつもより挿入が楽だった。クンニリングス効果だろう。感度もいつもよりあがっているようだった。

奥に進んでいくほどに、梨子は声をこらえきれなくなった。眼を見開き、悲鳴をあげて、両手を伸ばしてきた。僕は上体を被せて抱擁に応えた。きつく抱きしめて、さらに奥へとペニスを埋めこんでいく。

根元まで埋めこむと、梨子は僕の腕の中で背中を弓なりに反り返した。四肢を貫かれた衝撃に、手足をバタつかせて身をよじり、

「やっ、やだっ……今日の克彦さん、いつもより大きいっ……太くて硬いっ……」

ハアハアと息をはずませながら訴えてきた。

僕も同じことを思っていた。結合したばかりなのに、すぐに動きだすのがもったいないほどの一体感を感じる。いつもより硬くみなぎっている実感がある。

「舐めさせてくれたからさ」

僕は梨子の耳元でささやいた。女のいちばん恥ずかしい部分を明け渡してくれたからこそ、こんなに硬くなっているのだ。

「梨子だってそうだろ？　舐められてから入れられると、すげえ気持ちいいだろ？」

実際、いつもより濡れているのに、いつもより強い締めつけを感じる。

「知らないっ……変なこと言わないでっ……」

梨子がいやいやと身をよじる。本人の意志と離れて、それが律動の呼び水となる。梨子が身をよじるほどに、結合した性器と性器が肉ずれ音をたててこすれあい、僕は腰を動かすことを我慢できなくなる。

ゆっくりと抜いて、もう一度深く入り直した。女体の奥で、粘《ねば》りつくような音がはじけ、梨子が泣きそうな顔になる。恥ずかしくて死にたいと言わんばかりに、可愛い顔を悲痛に歪める。

だが、それも束の間のことだ。

ペニスをゆっくりと抜き、入り直す。入り直しては、また抜いていく。浅く、深く、深く、浅く、緩急をつけた抜き差しのリズムに、梨子はやがて呑みこまれていった。羞じらいに彩《いろど》られた表情から徐々に、だが確実に淫ら色の愉悦が垣間見えてきた。

「ああああっ……はぁあああっ……はぁあああああっ……」

切迫する吐息とともにあがる声音が艶を増し、長く尾を引いていく。普段の彼女からは想像もつかない、ソプラノボイスよりさらに高い頭のてっぺんから出しているような声で、発情を伝えてくる。

発情……。

そう。梨子はたしかにいま、そうとしか呼びようのない状態に陥《おちい》っていた。

可愛い顔が、ピンク色に上気しながらくしゃくしゃに歪んでいる。首筋から耳、胸元まで同じ色に染まっている。眉間《みけん》に刻んだ深い縦皺《たてじわ》も、閉じることができなくなって絶え間なく息をはずませる唇も、眼がくらむほどいやらしい。

発情した梨子の姿に挑発され、僕のペニスは限界を超えて硬くなっていく。

ピッチがあがる一方の僕に振り落とされないように、梨子は必死にしがみついてきた。卑猥さを増していく肉ずれ音を羞じらうことすらできないまま、喉《のど》を絞《しぼ》ってよがり泣き、ちぎれんばかりに首を振る。

「くぅううっ、いいっ！　気持ちいいよ、克彦さんっ……」

熱病にうなされたように言い、キスを求めるように唇をわななかせた。

「素敵だよ、梨子っ……」

僕は唇を重ね、舌をからめた。くなくなと舌を動かしあって、唾液と唾液を交換した。

そうすると、一体感がいや増して快感が倍増した。僕は梨子の舌を吸いながら、限界まで腰振りのピッチをあげた。パンパンッ、パンパンッ、と乾いた音をたて、勃起しきった男根で梨子を穿《うが》った。深く、深く、深く、四肢を開いた梨子の体が浮きあがるくらいの勢いで、渾身《こんしん》の連打を叩きこんだ。

梨子の悲鳴に力がこもる。お互いの抱擁が強まる。

僕のペニスには〇・〇二ミリのゴム皮膜が被せられているのに、肉と肉とが溶けあうような感覚が訪れた。

至福の時だった。

息苦しいほどの愉悦、可愛い女の子への支配欲と保護欲、そして荒ぶる獣の牡《オス》の本能が、体の中で渾然《こんぜん》一体となって煮えたぎっていた。全身の血が沸騰《ふっとう》しているようだった。

僕はこらえずに、男に生まれてきた幸福を味わうことにした。

「もう出すよっ……」

口づけをといて声を絞ると、

「出してっ……ああっ、出してっ……」

薄眼を開けた梨子が、歓喜の涙を流しながら見つめてきた。

「出して、克彦さんっ……梨子の中で、たくさん出してっ……」

僕は梨子の瞳を見つめながらストロークのピッチをあげ、最後の楔《くさび》を打ちこんだ。汗ばんだ女体をきつく抱きしめ、煮えたぎる男の精を放出した。身をよじるような快感が、ペニスの芯《しん》から体の芯まで伝わってきて、頭の中が真っ白になった。

梨子が叫ぶ。

ドクンッ、ドクンッ、と暴れだしたペニスが、梨子の背中を弓なりに反らせる。

彼女はまだ挿入《そうにゅう》でのオルガスムスを知らないけれど、今日のよがり方はいつもよりずっと激しかった。

体を重ねるたびにどんどんよくなっているようだった。

どんどん気持ちよくしている実感が、貫く僕にもたしかにあった。

僕はこのうえない満足感に胸を熱くしながら、しつこく腰を振りたてた。梨子の耳元で歓喜に歪んだうめき声をもらしつつ、痺《しび》れるような射精の快感に身をよじり、あとからあとからこみあげてくる欲望のエキスを、極薄のゴム皮膜の中に最後の一滴まで漏らしきった。

第二章　ビター・スウィート・メモリー

1

人生は不本意なことの連続で、現実はいつも僕に冷たい。いいことなんて、いつだってほんの少しだけ。

梨子のような素敵な女の子をものにできて幸運の塊《かたまり》のようなやつだと僕のことを思う人がいるなら、それは間違っている。

僕の生きてきた二十七年間のほとんどは、失望と挫折《ざせつ》と裏切りに塗りつぶされたみじめなものだ。

夢を見ればあっけなく潰《つい》え、伸びた鼻は当然のようにポキリと折られ、信じていた恋人には男をつくって逃げられる。そんなことの繰り返しだった。

ツキに見放された人生にいい加減うんざりしていた僕の前に、ある日忽然《こつぜん》と現われたのが梨子だった。本人には照れくさくてとても言えないけれど、暗雲のたちこめていた未来に薔薇《ばら》色の光を与えてくれた天使――掛け値なしにそう思う。

どんな人間でも、運の総量は決まっているという。梨子と出会うためにそれまでのみじめな人生があったのだと言われたら、納得するしかなかった。この幸運だけはなんとしても手放さず、大切にしたい。

しかし、それにしても梨子に出会うまでの僕はツイてなかった。

もちろん、人生は絶え間ない努力で培《つちか》った実力で勝負するものでもあり、すべてをツキのせいにするのは幼稚な発想かもしれない。そんなことはわかっているが、それにしても星の巡りあわせが悪すぎた。

たとえば仕事だ。

いま勤めている外食チェーン企業は、僕にとってかなり不本意な就職先だった。

大学の四年間、サブカルチャー系のサークルに所属していた僕は、バンドをやったりクラブイベントをオーガナイズしたり、そのための映像作品をつくることに心血を注いできた。クラブでイベントなんていうといかにもチャラそうな大学生をイメージされるかもしれないけれど、僕たちのサークルの人間は音楽や映画を真剣に愛するあまり、どちらかといえば暗く、シニカルなタイプが多かったように思う。大学四年の学園祭では、ニューヨークやロンドンから知る人ぞ知るインディペンデントなバンドやＤＪを招聘《しょうへい》してオールナイトライブを敢行《かんこう》したのだが、そんなことで喜んでいる青春が、明るくて華やかなわけがない。

僕はそうした活動で溜《た》めこんだマニアックな知識や表現欲求を満たすことのできる就職先を望んでいた。テレビや映画関係、レコード会社や出版社、候補をいろいろ吟味《ぎんみ》した結果、最終的には広告関係に絞って就職活動に突入した。僕の在籍していた大学はそれなりに名の通ったところだったが、さすがに大手のテレビ局などは難関すぎて戦う前から戦意喪失《そうしつ》させられたし、趣味性の高いマイナーな会社で食うや食わずの生活を強《し》いられるのも耐《た》えられそうになかった。

その点、広告関係なら、代理店でも制作会社でも企業の宣伝部でも、それなりの待遇を約束してくれるだろうと狡賢《ずるがしこ》く考えたのである。

しかし結果は、数十社受けて連戦連敗。

あのときの挫折感、喪失感は、言葉ではちょっと言い表せない。不採用の通知を受けとるたびに、魂《たましい》が抜けていくような気がした。はっきり言って、僕は大学も二浪のすえに入っているのだが、就職活動でことごとく落とされた経験に比べれば、大学受験に失敗したショックなんてものの数ではなかった。

自信があったのだ。

受験勉強はたいして真面目に取り組まなかったけれど、就職活動のときは、自分ほど音楽や映画にのめりこんでいる大学生はいないはずだと自惚《うぬぼ》れていた。大人から見ればそういう態度が鼻持ちならなかったのだろうが、いまでも考えは変わらない。僕のような人材を逃がしてしまうなんて馬鹿《ばか》なことをしたものだ——若僧の思いあがりかもしれないけれど、それを失《な》くしたら僕が僕でなくなってしまう。

「いいじゃないか、吉武《よしたけ》くんは。内定なんかとれなくたって、いざとなったら親の会社に入ればいいいんだから」

そんな仲間たちの心ない言葉に、僕はひとり傷つき、苛立《いらだ》った。

なるほど、僕の父親は会社を経営している。首都圏に三十数店舗のレストランやカフェを直営している〈ＹＯＳＨＩＴＡＫＥ〉という外食チェーン企業だ。ついでに言えば、父はひとり息子の僕に会社を継がせることを熱望していた。

しかし、それがいったいなんだっていうんだろう。

僕は料理になどまったく興味がなかったし、レストラン運営のコスト管理やアルバイトの教育などについても同様だった。だいたい「父の会社を継ぐ」という発想に嫌悪感しか覚えない。会社なんていうものは、やる気のある優秀な部下に継がせればいいのであって、いまどき一族経営なんてやっていたら笑われるばかりではなく、いずれ立ちゆかなくなる。実際、父にしても、芸のない二世タレントや資質の足りない世襲《せしゅう》議員をテレビで観るたび、「残念なジュニアだな」と笑ってるのだ。

僕にとって、「社長の息子」というレッテルは、子供のころからコンプレックス以外のなにものでもなかった。僕は切り拓《ひら》きたかった。自分の好きな道で、自分だけの人生を。

だが、しかし……。

僕は結局、父の経営する〈ＹＯＳＨＩＴＡＫＥ〉本社に就職したのだった。

理由はふたつある。

ひとつは、どこからも内定がとれなかったからといって、サークル仲間の一部がそうしたように、バイトしながらバンド活動をするような生活はごめんだったこと。クリエイティブな仕事に就いて趣味を生かすならともかく、たいした才能もないのに夢にしがみつくのは負け犬だ。

そしてもうひとつの理由は、当時付き合っていた同級生の恋人——神谷早月《かみやさつき》が、さして努力もしていないのに、大手の広告代理店から内定をもらったことだった。

僕は身悶《みもだ》えるほど嫉妬《しっと》した。

不本意ながら父の会社に就職することを決めたのは、ほとんど早月に対するあてつけだったと言っていい。俺だって行くところに行けば、次期社長の椅子《いす》が用意されてるんだぜ、と見栄を張りたかったのだ。

まったく、子供じみたくだらない見栄を張ってしまったものだ。

自分で自分の首を絞め、自己嫌悪の泥沼に追いこんだようなものだった。

とはいえ、一度は蹴《け》った話を蒸《む》し返してまで入社させてもらった父の会社で、「残念なジュニア」になるつもりはなかった。さすがにそれだけはプライドが許さず、あれほど夢中になっていた音楽や映画を封印し、寝食を忘れて仕事を覚えていった。父の鞄《かばん》持ちとして、三年間がむしゃらに働いた。

そしてついに、新店舗を開発するポジションを獲得することに成功したのが三カ月前のことだ。二代目候補の特権を利用し、かなり強引に父を説き伏せたのだが、このあたりでアクションを起こさなければ窒息《ちっそく》してしまいそうだった。曲がりなりにも、石の上にも三年、苦労したのだ。その間溜めこんだパワーを一気に爆発させ、就職試験で僕を落とした会社を見返してやろうと思った。

〈YOSHITAKE〉チェーンはレストランやカフェの他に、数は少ないが洋風居酒屋をいくつか直営している。新たに出店するそのタイプの店をひとつ、自由にプロデュースできることになった。

奮《ふる》い立った僕は、新店舗のコンセプトを〈爆弾酒場〉に決めた。都市でサバイバルする男と女を
ジャングルで戦う兵士が休息をとるオアシスのように、疲れた体に染みこむハードリカー、
癒《いや》す店だ。密林を模した内装、南国果実の甘い匂い、疲れた体に染みこむハードリカー、
時空を切り裂くファズギターと瞑想《めいそう》に耽《ふけ》るためのアンビエントミュージック、壁に映しだ
されるモノクロームの戦争フィルム……学生時代、クラブイベントをオーガナイズした経
験を、いまこそ活かすときだった。
ところが、現実はそれほど甘くなかった。
新店舗開店に向けたミーティングは常に紛糾《ふんきゅう》している。
スタッフがあげてくる内装デザインもメニュー候補もマーケティングも、僕はなにもか
も気に入らなかった。失敗を恐れて手堅《てがた》いことしかやりたがらないスタッフと、尖《とが》ったセ
ンスを発揮したがる僕の間には、決定的な温度差があった。
「古い映画ですけど『地獄の黙示録』ってあるじゃないですか？　フランシス・コッポラ
が監督した。僕はたとえば、ああいう雰囲気《ふんいき》の店がつくりたいんですよ。空爆するのにワ
ーグナーがかかってたり、ベトナムの夕陽にジム・モリソンの絶望的な歌声が被《かぶ》ったり、
暗闇から虎が飛びだしてくるような非日常があって……」
「克彦くん。キミの話は、わかりにくいよ」

内装の責任者である寺島隆三《てらしまりゅうぞう》が、僕の言葉を制した。若い主任のお目付役として父が指名した、五十がらみのベテランデザイナーだ。正直、僕とは反《そ》りが合わない。

「いいかい？　われわれがつくらなくちゃいけないのは、映画じゃなくて居酒屋なんだよ。だいたい、店の中にジャングルをつくるなんて、いくらお金がかかると思ってるんだ。ランニングコストだって馬鹿にならないし」

「コストを低く抑えたって、客が来なかったら意味ないじゃないですか。今回店を出すのは、繁華街じゃない。地味な私鉄沿線です。話題性が必要なんですよ」

「だからって、ジャングルなんて無茶だ……」

「お金のことはとりあえず置いておいて、僕はこう思うんです。人を惹《ひ》きつけるのは無難な洗練じゃなくて野卑《やひ》な情熱だって。僕はなにも自分のアイデアだけに固執《こしつ》してるわけじゃありません。〈爆弾酒場〉に反対するなら、それ以上にテンションの高いアイデアを出してくださいよ。失敗したら僕が責任とりますから」

熱っぽく声を嗄《か》らして訴えつつも、僕の心には風穴が空き、そこに冷たい風が吹き抜けていった。言えば言うほど、からまわりする。みんなが引いていく。「残念なジュニア」だと思われている自覚も深まっていく。

なるほど、僕はまだ若かった。尖ったセンスとあふれる情熱があっても、人を動かすには力が足りない。その道のプロであるデザイナーや料理人と渡りあうには、決定的に経験が不足している。

若造がなにを言ってやがる。あんたは所詮、社長の息子。失敗したらこっちのクビが飛ぶんだよ——そんなスタッフたちの心の声が聞こえてくるようだった。

2

「……ふうっ」

僕は地下にあるバーから覚束《おぼつか》ない足取りで階段を昇り、路上に出るとネクタイを緩《ゆる》めて酒くさい息を吐きだした。

したたかに酔っていた。テキーラが効いた。深夜零《れい》時近いにもかかわらず六本木《ろっぽんぎ》の街は賑《にぎ》やかで、行き交《か》う人たちも元気いっぱいだ。リーマンショック以前に比べれば静かになったほうだという意見もあるが、この光景だけを切りとれば、日本が不況だなんて誰も信じないに違いない。

ふらふらと歩いていると、きつい香水の匂いのするブラザーに何度もぶつかられ、からまれるのも嫌なので路地裏のガードレールに腰をおろした。

「はあっ……」

もう一度、深い溜息《ためいき》が口からもれた。

ここ数週間、〈爆弾酒場〉の参考にするため、毎晩のように話題の店を市場調査している。今夜も三軒目だった。元々酒は嫌いじゃない。むしろ飲んだくれと呼ばれても異論はないが、希望のかわりに手を伸ばすアルコールは心身に悪い。胃と肝臓が疲れきっている。

そろそろ終電の時間も迫っているので動かなければならなかったが、満員電車に揺られる気力がどうにも湧《わ》いてこなかった。

路地裏から表通りをぼんやり眺めていると、着飾った女ばかりが眼につく。キャバクラ嬢やホステス。男と腕をからめあわせて、熱愛オーラを発散している女子大生やOL。合コン帰りなのか、男女のグループではしゃいだ声をあげているのもいる。

そんな中、ふくれっ面で歩いているひとりの女が通りすぎていった。

顔立ちは整い、髪型も服装も決まっているのに、表情だけがひどく浮かない。彼氏にデートをすっぽかされたのか、合コンであぶれてしまったのか、ふて腐《くさ》れた表情でカツカツとハイヒールを鳴らして、足早に駅に向かっていく。

その姿が、酔った僕の記憶を揺さぶった。つまらなそうなふくれっ面がお得意の、ひとりの女を思いださせた。

神谷早月——大学時代に付き合っていた元カノだ。

さして興味があったとも思えないのに易々《やすやす》と広告代理店に就職を決め、僕を猛烈に嫉妬させたやつだ。

社会人になって一年目に別れてしまったのだが、最近、なぜか彼女のことをよく思いだす。

女々《めめ》しい未練？

たぶんそれは違う。

梨子との結婚が現実味を帯びてきて、マリッジブルーのような感情が昔の彼女を思いださせるのかというと、きっとそれも違う。

孤立無援《こりつむえん》。

まわりは全部敵だらけ。

新店舗の参考にするため毎晩酒場をまわっている僕に、付き合ってくれる人間は誰もいない——それが、僕がいま会社で置かれている状況だ。もっとも、半端な味方ならこちらから願いさげだと、虚勢《きょせい》を張っているせいもあるのだが……。

早月もいつだって孤立無援で、まわりは全部敵だらけだった。

なのに涼しい顔をしていた。

とにかくマイペースで、やりたいように振る舞って平然としているから、まわりの反感や顰蹙《ひんしゅく》を独《ひと》り占《じ》めしていた。

だからどうしても思いだしてしまう。

せっかくのチャンスにからまわりして、心がささくれ立っているとき、早月のことが頭に浮かんでくる。

どうすれば彼女のように、まわりのことなど気にしないで、自分のやりたいことだけをやり抜くことができるのだろう？

「……それにしてもひどいやつだったな」

僕はアルコールで火照《ほて》った顔を振り、苦笑をもらした。

気まぐれでわがままで性悪な猫のような女だった。

さんざん振りまわされた。

僕と早月は大学の同級生だったが、僕は二浪で彼女は現役だったので、年はふたつばかり僕のほうが上だ。付き合いはじめたのは大学三年になる春休み、別れたのが社会人一年目の秋だから、付き合っていた期間はほぼ二年半。その間、理不尽な目に遭《あ》ったことは枚《まい》挙《きょ》に暇《いとま》がない。

とにかく約束は守らないわ、自分が言いだしたことでも途中で飽きるわ、気が乗らないと口をきかなくなるわ、マイペースぶりが尋常ではなく、悪い意味でB型気質の見本のような女だった。おまけに三月生まれの魚座だったから、都合が悪くなると甘えてくる。甘えて誤魔化《ごまか》しきれないとぶんむくれる。まったく手がつけられない。

ただ……。

それでも二年半も付き合っていたのだから、僕は彼女のことが好きだったのだろう。いや、好きだった。振りまわされることさえ、どこか楽しんでいたのかもしれない、といまなら思う。誓って言うが、僕はべつにMじゃない。いじめられて悦《よろこ》ぶ変態なんかじゃ断じてないが、それでも早月には放っておけないなにかがあった。

たとえば、こんなことがあった。

付き合いはじめて初めての彼女の誕生日のことだ。僕たちは青山《あおやま》にあるイタリアンレストランに行くことになっていた。もちろん、彼女のリクエストだった。「おいしいイタリアンでワインが飲みたいな」。それ自体はごく普通の希望だし、なにしろ付き合いはじめて初めての誕生日だったので、僕も張りきって隠れ家的な一軒家レストランに予約を入れたりした。

待ちあわせ場所であるツインタワービルの前で、早月は珍しく先に待っていた。雛壇《ひなだん》に似た階段に、ポツンとひとりで立っていた。服装も覚えている。ラビットファーの付いた白いコートに、踵《かかと》の高いベージュのブーツ。

三月だったが、その日は凍えるほど寒かった。そんな中、冷たい風に頬《ほお》を打たれながらもすっくと立ちすくんでいる早月は、ひどく存在感があった。ツインタワービルから出てきたサラリーマンが、こぞって熱い視線を送るほどに。

有《あ》り体《てい》に言って早月は美人だから、そのせいもあるだろう。

可愛《かわい》いとかチャーミングとか愛嬌《あいきょう》があるのではなく、眼鼻立ちが整ってスタイル抜群のはっきりした美人だった。

細面《ほそおもて》に切れ長の大きな眼、高い鼻、薔薇の花びらを彷彿《ほうふつ》とさせる真っ赤な唇《くちびる》。顔立ちの端整さは遠くからでも際立っていたし、染めたばかりの明るい栗色の髪を北風になびかせている様子は、そこが雛壇になった階段であることと相俟《あいま》って、ステージに立った舞台女優のようだった。

しかし、彼女が注目を集めていた理由は、やはり顔立ちよりもその尋常ならざる雰囲気にあったはずだ。得意のふくれっ面とは違って、唇を嚙《か》みしめていた。眼つきがひどく虚《うつ》ろで、哀《かな》しみに打ちひしがれているような感じだった。

「ずいぶん早いな。まだ約束の七時の十分も前だぜ」

僕は言い訳がましく声をかけた。僕のほうが待ちあわせ場所にあとから現われることなどきわめて珍しい事態だったので、それで早月のご機嫌が斜《なな》めなのだろうかと内心でかなり焦っていた。

「いつから待ってたんだよ。寒かっただろ？」

早月は黙っている。言葉を返さないだけではなく、顔も向けてこない。

「……いったい、どうしたんだ？　なんかあったのかい？」

早月はやはりなにも応えず、階段を降りていった。歩道を突き進み、車道との境界にある植えこみの前で、再び立ちすくんだ。

僕はいよいよ混乱した。彼女の様子は、怒っているというより、やはり哀しんでいるようだった。よく見ると、眼の縁《ふち》が赤かった。

理由はわからないけれど、親友が突然の交通事故で亡くなったとか、肉親に癌《がん》が宣告されたとか、十年来可愛がっているペットが死んでしまったとか、まるでそんな雰囲気なのである。

「なあ、おい……とりあえず店に行かないか？　予約してあるし、こんなところにいたら風邪ひいちまう。暖かいところでゆっくり話を……」

僕の言葉は吹きすさぶ北風に飛ばされ、早月は二四六号線を駆け抜けていくクルマのテールランプを遠い眼で追いつづけた。

そのまま三、四十分も動かなかっただろうか。

僕は説得することを諦《あきら》め、悲痛にこわばる早月の横顔をじっと眺めていた。ただ眺めているだけで、なにもできなかった。

哀しみに暮れる彼女の横顔が、息を呑むほど美しかったからだ。

気がつくと僕は、うっとり見とれていた。いまにも涙をこぼしそうな瞳に吸いこまれそうになり、哀しみの理由もわからないままに、深く同情してしまう。彼女にはそういう不思議な魅力があった。

「ごめん。わたし、帰る……」

やがて早月は、そう言い残して本当に帰ってしまった。僕は黙って彼女の背中を見送った。早月は帰ると言ったら断固として帰る女だった。誰であっても彼女の意志を曲げることはできないし、きっとバースデイパーティの食事すら喉《のど》が通らない出来事があったのだろうと自分に言い聞かせるしかなかった。

翌日、大学の教室で顔を合わせた彼女に、哀しみの理由を聞いて啞然《あぜん》とした。

ずっと観ていた連続ドラマの最終回で、好きだった主人公が死んでしまったらしい。それも、何年も前に流行《はや》ったドラマだ。夕方にやっている再放送を出がけに見て、号泣してしまったというのだ。

　さすがに僕は怒った。珍しく声を荒げた。

「おまえ、いったいなに考えてんだ？　俺はあれから予約したレストラン行って、ふたりぶんの飯食って、ふたりぶんの勘定払ったんだぞ。時間を守らない不届き者って眼で、店中の従業員に睨《にら》まれながらな」

「ごめんなさい！」

　早月は両手を拝《おが》むように合わせて謝った。

「自分でも誕生日の日になにやってるんだろうって、帰ってから思ったもん。馬っ鹿じゃないの、わたしって。でも……でもね、すっごい可哀相《かわいそう》な死に方だったんだよ、最後。吉武くん、観た？」

　悪戯《いたずら》っぽく鼻に皺《しわ》を寄せて笑う。

「どうだっていいんだよ、そんなドラマ。しかも再放送の」

「わかった、わかったから。わたし、これから三日間、吉武くんの奴隷《どれい》になる。それで許して。炊事、洗濯、お掃除、なんでもやってあげるから」

「絶対だな、絶対奴隷だな。俺の言うことなんでも訊くんだぞ。俺のことご主人様って呼ぶんだからな」

五年前、二十二歳のころの話なので、僕もいささか幼稚だった。

「わかりました。そうさせていただきます。だから許して」

早月はもちろん、奴隷らしいことなど一切しなかったし、僕のことをご主人様とも呼ばなかったけれど、僕はそれ以上怒ることができなかった。自分でも不思議なくらい、怒りはすぐにおさまった。彼女の身内に不幸が起こってなくてよかったと、逆に安堵《あんど》してしまったくらいだ。

きっと、あの夜見た彼女の横顔があまりに美しかったからだろう。

単に顔の造形のことではない。二四六号線を眺める早月の横顔には、世界の終わりと対《たい》峙《じ》しているような哀しみに暮れながらも、なにものにも揺るぎない凜《りん》とした強さがあった。そういう強さを、僕も欲しかった。だからきっと僕は早月のことを、放っておけなかったのだと思う。

3

自動販売機で買ったミネラルウォーターを酒で灼《や》けた喉に流しこむと、少しだけ元気が出た。

六本木の夜はまだまだこれからのようで、午前零時を過ぎて人の量が増してきたような気さえする。

ちょうどいい。

早月のことなど思いだしてしまったせいで、酒が飲みたくなった。と思ったものの、体が受けつけてくれなさそうだったので、僕は少し歩くことにした。冷たい夜風が、アルコールに火照《ほて》った頬を心地よく嬲《なぶ》っていく。渋谷か恵比寿《えびす》まで歩いていけば、酔いも覚めてくれるだろう。そうしたら、また酒場の扉を開ければいい。もはや市場調査というより、完全なやけ酒だ。

ふらふらと路地裏から表通りに出ていくと、銀色のドレスにファーボレロを羽織った若い女が、恰幅《かっぷく》のいい中年男と身を寄せあって歩いてきた。高級クラブのホステスのアフターだ。べつに珍しくもない光景だが、つい反応して振り返ってしまった。

ドレスの女がセックスの匂いを漂《ただよ》わせていたからだ。

強烈だった。

わたしはこれからお金のためにセックスするけど、なにか？　そんな顔つきで歩いていた。あるいは、わたしのとびきりの体はね、びっくりするほど高い値段で売れるのよ、といったところか。いずれにせよ、高級クラブの敷居など跨《また》いだことのない僕の、貧《まず》しい想像力の中での話にすぎないが。

早月もセックスの匂いのする女だった。

といっても、高級クラブのホステスとはずいぶん違う。

色と欲とが結びついていないというか、打算がゼロというか、いっそ清々《すがすが》しいほど単純にセックスが好きなのだ。裸のスキンシップも、快楽を求めた冒険も、頭の中を真っ白にしてお互いの境界線を溶かしあっていくことも、セックスにまつわる一切合切を愛していた。人一倍、求める気持ちが強かった。

「ねえ、エッチしようよ」

付き合っていた二年半で、いったい何回そんな台詞《せりふ》をささやかれただろう。しかも、食事中や、エレベーターの中や、電車のシートに並んで座っているときでさえ、甘い声で耳打ちし、鼻に皺を寄せて笑うのだ。

最初に言われたとき、僕は仰天《ぎょうてん》した。それは僕の部屋でふたりきりでいるときだったけれど、他の女の子からそんなふうに誘われたことがなかったからだ。

「ねえ、エッチしようよ。わたし、超したくなってきた」

「そういうこと、女のくせに言うなよ」

僕はどぎまぎして頬をひきつらせるばかりだった。

「どうして？　したいことしたいって言ってどうしていけないの？」

瞼《まぶた》を重たげに半分落とした顔でささやく早月は、午前零時の六本木を派手なドレスに身を包んで歩くホステスよりも色っぽく、僕の胸をかき乱した。

彼女は普段、決して色っぽいタイプではないのだ。マニッシュな服装をしていることも多いし、無駄に愛想も振りまかないし、いっそミステリアスなムードさえ漂っていると言っていいほどなのに、「エッチしようよ」という台詞を吐くときだけは、いつものふくれっ面が嘘のような濃密な色香を匂わせる。

「あのなあ、そういうことを女から言うのは興醒《きようざ》めだぜ。男は、女の羞《は》じらいに興奮するんだよ。隠しているから見たくなるし、嫌がるからさせてみたくなるんでさ。最初から女がやる気満々じゃや、押し倒す気がなくなるんだよ」

と、僕は思ったが言わなかった。自分があまりにも月並みで凡庸《ぼんよう》な考え方の持ち主であることに絶望したからではなく、早月が僕のジーンズのファスナーをおろしてきたからだ。まだ男根と呼べる形に隆起していないものをブリーフから取りだし、シャワーも浴びていないのに、躊躇《ためら》うことなく口に含んだ。

僕は息を呑んで眼を白黒させた。

ペニスがみるみる硬くみなぎっていき、言葉を継ぐことができなくなった。早月はフェラチオがうまかった。薔薇の花びらを思わせる肉厚な唇と長い舌を器用に使うそのやり方に、僕は衝撃を受けたものだ。「バナナを使って練習した」と言っていたが、彼女ならやりかねないと思った。

そうだ。

フェラチオといえば、とっておきの思い出がある。

大学三年の七月、夏休みに入る前の最後の授業を受けおえた僕たちは、講義室に残って休み中の旅行計画を練っていた。

大学の中でいちばん大きな二百人以上収容できる講義室で、ちょっとした講堂のように天井が高く、段差のある席がすり鉢《ばち》状になっている。教壇はすり鉢の底にあり、僕たちはすり鉢の縁のあたり、最後列の席に並んで腰掛けていた。

僕たちの他に誰もいなかったから、ガランとしていた。蝉《せみ》の鳴き声がうるさく、空気が気怠《けだる》かった。あまりの蒸し暑さにふたりともバテた犬のようになっていて、旅行の計画は遅々《ちち》として進まない。

「わたし、モルジブとかプーケットとか行ってみたい」

早月は遠い眼で夢のようなことばかり言う。

「海外はちょっと敷居が高いなあ。金がかかる。資金稼ぎのバイトをしているうちに夏が終わる」

僕は購買部で買ったコーヒー牛乳を飲んでいた。校内で飲むのはいつもコーヒー牛乳に決まっていた。

「海行きたいな、海。南の島の楽園」

早月はいつも乳酸菌飲料なのだが、その日に限ってサイコロ型のアイスキャンディを指でつまんで食べていた。

「うーん。海外にこだわらないなら、いいアイデアがあるけど」

なかなかまとまらない計画に、僕は業《ごう》を煮やして言った。

「なに？」

「西伊豆《にしいず》に親父の別荘がある。クルマも親父のビーエム借りていけばいい」

「へえ、すごいじゃん」

早月は眼を細めて笑った。どことなく嘲笑《ちょうしょう》のような感じだった。

「さすがブルジョワ、社長のご子息様ね」

「ブルジョワじゃねえよ」

「でも、すごいわよ。パパの別荘にビーエムなんて」

「嫌ならいいんだよ」

僕はいささかムッとした。

「無理に付き合ってくれなくてけっこうだ。身分相応に区民プールでも行こう」

別荘の話もクルマの話も、他の誰にも言っていなかった。サークルの合宿所にされたりするのはごめんだったし、なによりそれを借りるためには父に頭をさげなければならない。就職活動を目前に控えて、父に借りなどつくりたくなかった。

それでもそんなことを言いだしたのは、早月を楽しませてやりたかったからだ。たいして豪華な別荘ではないけれど、僻地《へきち》に建っているから目の前の海はプライヴェートビーチのようなものだし、ベランダにはふたりで入れるジャグジーバスがある。そんなシチュエーションで早月と過ごす夏はきっと、特別なものになるだろうと思ったからだ。

「やだあ、なに怒ってんの？」

早月はムッとする僕の横顔を見て笑った。ケラケラと声をあげた笑い方は、やはり人を小馬鹿にした嘲笑に見えた。

「誰も行かないなんて言ってないじゃない。喜んでお呼ばれいたしますわよ。はい、あーん」

早月はサイコロ型のアイスキャンディを指先でひとつつまみ、僕の口に運んできた。僕は顔をそむけた。拗《す》ねた子供のように。

「なによ。手で食べさせられるのは嫌？　口移しがいいのかな？」

早月はアイスを赤い唇に挟《はさ》み、顔を近づけてきた。僕はしかたなく、そのアイスを受けとるために口を開いた。

アイスはグレープ味だった。コーヒー牛乳に慣れた口に、酸味の強い葡萄《ぶどう》の味がひろがっていく。

早月は僕にアイスを渡しても唇を離さなかった。鼻を鳴らして、アイスを返せと訴えてきた。僕は返した。早月も返してくる。行き来するアイスが次第に溶けて小さくなり、唇と唇が触れあった。アイスがなくなると自然に、口づけへと移行した。

僕はグレープの味のする早月の舌を吸った。早月も吸い返してきた。普段はクールな細面が蕩《とろ》け、眼の下がねっとりと赤く染まってくる。僕の顔も熱くなった。早月はエレベーターの中とか歩道橋の上とか駅のプラットホームとか、おかしなところで口づけをするのが好きだったが、講義室でしたのは初めてだった。

「……もう一個食べる？」

早月が言い、僕はうなずいた。口移しでアイスを食べた。食べては舌をからめあい、グレープ味になった唾液《だえき》を交換した。早月が次々とアイスを口に運ぶので、氷の冷気にこめかみが痛くなってきた。

「……ちょっと休憩」

僕はキスをといて苦笑したが、

「ねえねえ、いまの冷たくなった口でフェラしたら気持ちいいんじゃない？」

早月は妖《あや》しく上気した顔で挑発的に笑った。

「なに言ってんだ、おまえは……」

啞然とする僕を尻目に、早月は僕の足元にもぐりこんでくると、ベルトをはずし、ジーパンのファスナーをさげた。何度もしたキスのせいで硬くなりかけていたペニスを、冷たい口唇に含んできた。

「お、おいっ……」

僕は焦《あせ》った。焦るに決まっている。そこは普段講義を聴いている、神聖な学舎だった。いや、神聖は言いすぎかもしれないけれど、日常生活の象徴のような場所であり、性器を出していいところではない。

しかし、僕のペニスは硬くなっていく。アイスキャンディに冷やされた早月の口は刺激的で、みるみるうちに女を愛せる形になり、欲情の熱気を放ちだす。早月の唇がすべる。興奮のあまり青黒い血管を浮かびあがらせたペニスの表面を、なめらかな唇の裏側が行き来する。

「気持ちいい?」

早月が上目遣《づか》いで訊《たず》ねてきたので、

「おお……」

僕は首に筋を浮かべてうなずいた。

「新発見だね、アイスフェラ。冷たくて気持ちいい?」

「おおう……」

ほとんど生返事だった。たしかにアイスで冷たくなった口でフェラをされるのは、ひんやりしていて心地よかった。しかしそれ以上に、大講義室でされていることがタブーの意識を揺さぶり、スリルを覚えていた。いつもの見慣れた景色も、ペニスをしゃぶられながら眺めると、たとえようもなく刺激に満ちている。

「こんなこと、されたことある?」

早月が訊ねてきて、

「いや……」

僕は欲情でひきつった顔を左右に振った。いつもの台詞だった。早月は愛撫《あいぶ》されるのも好きだが、自分がするのも大好きで、やりながらよくそんな台詞を口にした。そして僕が首を横に振ると、ことのほか満足そうに愛撫を熱烈にしていくのが常だった。ペニスをぴっちりと包みこんだ唇を、勢いよくスライドさせてきた。

「講義室でフェラなんて……されたことあるわけないじゃないか……」

僕は息をはずませながら、早月の栗色の髪を撫《な》でた。

「おまえくらいだよ、自分から進んでこんなことする女は」

「嫌いじゃないでしょ?」

早月は不敵に笑い、ペニスの根元をすりすりとこすりたてた。

「出すまで舐《な》めてあげるよ……ねえ、吉武くん……出したら飲んであげる……全部飲んであげるから、わたしの口に出して……」

唾液に濡《ぬ》れた唇が、興奮のためかひどく赤くなっている。それをOの字に割りひろげて、綺麗なピンク色に輝く舌を差しだした。よく動く舌だった。男性器でいちばん敏感なくびれの部分は念入りに、舌先を小刻みに震《ふる》わせながら刺激する。

そそり勃った全長を唾液にまみれさせると、あらためて口に咥《くわ》えてきた。唇をすぼめて、キュッ、キュッ、とくびれを刺激してから、深々と呑みこんだ。鼻奥で悶《もだ》えながら、唇を根元まで届かせた。必然的に先端は喉のいちばん奥まで届き、僕は早月の美しい顔を串刺しにした気分になった。

あまりに深く咥えこみすぎて、早月の顔の表面は僕の陰毛に埋まっていたが、気にする素振りもない。ゆっくりと顔を上下に振りはじめた。

こんなとき、決して焦らないのが早月のいやらしいところだった。昂《たか》ぶる僕を挑発するように、根元からくびれまでじわじわと時間をかけて唇を移動させる。もう一度呑みこんでいく。そうしつつ口内では大量の唾液を分泌させ、わざと卑猥《ひわい》な音をたてて、唾液ごと僕のペニスを吸いたてる。

僕は自分の顔が熱くなっていくのを感じた。真っ赤に上気しているのが、鏡を見なくてもわかった。早月のピッチがあがった。唾液がすごかった。肉竿を濡らすだけではなく、陰毛まで垂れてくる。その淫靡《いんび》な感触が気持ちよすぎて、僕は身震いがとまらなくなった。

「……ねえ」

早月がフェラを中断して、僕の足元から抜けだしてきた。

「せっかくだから立ってごらんよ、ここに」

机をトントンと手で叩き、

「えっ？　な、なんだって……」

早月の唇に翻弄《ほんろう》されていた僕は、一瞬なにを言われたのかわからず、しどろもどろになってしまった。

「机の上に乗るのよ。ここで続きをしてあげる」

「机って……そんなの……誰か来たらまずいだろ」

早月はハハンッと鼻で笑った。

「なに言ってるのよ。誰か来たらいまだってまずいじゃん。ほら、立ってごらん。きっと見晴らしいいから」

強引にうながされ、僕は勃起したペニスを揺らして机の上によじのぼった。ジーパンとブリーフが膝《ひざ》にからんでいた。いったいなにをやっているのだろうと思った。モラルを踏みにじる自分の行為に戦慄《せんりつ》しつつも、意識は射精に向けて走りはじめていて、フェラチオの続きをしてもらいたい一心だった。

「ったく、無茶なこと言うぜ……」

よろめきながら机の上で仁王立ちになった瞬間、驚くべき光景が目の前にひろがった。すり鉢状の大講義室のいちばん後ろの席に僕たちはいて、さらに机の上に立ってみると、いつもの見慣れた光景が一変した。

「どう？　どんな感じ？」

早月も立ちあがり、僕のペニスに顔を近づけてくる。指先を根元にからませ、先端に舌を這《は》わせる。

「どんな感じって……ううっ……」

僕は腰を反らせて唸《うな》った。言葉ではとても説明できなかった。早月がフェラを再開したことで、さらなる衝撃が訪れた。まるで大講義室の高い天井を、孫悟空《そんごくう》のようにきんと雲に乗って飛んでいる感じだった。早月の舌がペニスを這いまわるほどに、たとえようのない万能感が足もとから迫《せ》りあがってきた。

「ああんっ、すごい硬くなってきたよう」

早月が唾液で濡れ光る唇で言う。言いながら、すりすりと根元をしごく。

「吉武くん、超興奮してるでしょ？」

「ああ……」

僕はうなずき、息を呑んだ。

「おまえってホントすごいな。すごいこと考えるな……」

「褒《ほ》めてくれてるのかな？」

早月は唇の片端を歪《ゆが》めて不敵に笑い、ペニスを頬張った。憎たらしさと女らしさを同時に振りまきながら、一心不乱に男の器官を舐めしゃぶりだした。鼻息をはずませて顔を前後に振りたて、ペニスを口から出し入れする。唇をぴったりと密着させて吸いたてる。そうしつつ、口の中ではせわしなく舌を動かし、男性器の敏感なポイントを念入りに刺激することも忘れない。

僕は眩暈《めまい》にも似た陶酔感を覚えながら、早月の頭を両手でつかんだ。両膝が怖いくらいにガクガクと震えはじめ、そうしていないと机から落ちてしまいそうだった。いや、早月が与えてくれたピンク色のきんと雲から落ちてしまう。

早月がペニスを舐めしゃぶりながら、上目遣いで僕を見てくる。元が美形なだけに、せつなげに眉根《まゆね》を寄せ、双頬をへこませたフェラ顔が、身震いを誘うほどエロティックだ。

「き、気持ちいいよ……」

僕は呼吸も瞬《まばた》きも忘れて、早月の顔を見つめていた。早月もしゃぶりながら見つめ返してくれる。視線と視線をからめあわせたまま、僕たちは溺《おぼ》れていった。僕はいけない場所でペニスをしゃぶられる愉悦に、早月は男を翻弄している快感に、我を忘れて没頭していた。

没頭しすぎてしまったのだろう。ひどく性急にクライマックスが迫ってきた。僕は早月の栗色の髪に指を突っこんで掻《か》き毟《むし》った。

「そろそろっ……そろそろ出ちゃいそうだっ……」

早月が眼顔でうなずく。顔をまわして、唇の裏でくびれを集中的に責めてくる。と同時に、根元を指先でしごきはじめた。唾液でびっしょり濡れた肉の竿を、手筒ですりすり、

すりすり、しごきたてた。

「で、出るっ……もう出るっ……」

みなぎりをいや増したペニスが、生温かい口内粘膜とぴったりと一体化して、溶けだした。体のいちばん深いところでマグマにも似た激情が熱く煮えたぎり、出口を求めて硬直しきったペニスを暴れさせる。

「おおおおっ……」

口からあふれただらしない声が、大講義室の高い天井に轟《とどろ》いた。

一瞬、すべての席を学生が埋め尽くしているまぼろしが見えた。机の上で仁王立ちになり、早月にペニスをしゃぶられている僕を全員が見ていた。すり鉢の底にいる教授まで、板書をやめて呆気《あっけ》にとられた顔を向けてきた。恥ずかしくなかった。むしろ誇らしいくらいだった。早月のように綺麗な女に勃起しきった性器を咥えさせ、男の精を吐きだせることに震えるほどの恍惚《こうこつ》を覚えていた。

「出るぞっ……出るぞっ……おおおおううう－っ！」

僕は雄叫《おたけ》びをあげて腰をひねった。肉の凶器と化した男根で、早月の小さな顔を貫いた。喉のいちばん深いところで、灼熱の欲望を解き放った。

それでも早月は逃げようとしなかった。むしろ吸ってきた。ドクンッ、ドクンッ、と熱い脈動を刻んでいる僕のペニスを、限界まで双頰をへこませて頰張り、放出の勢いを凌《りょう》駕《が》するスピードで吸いだした。

あまりに峻《しゅん》烈《れつ》な射精の衝撃に僕の五体は紅蓮《ぐれん》の炎に包みこまれ、ただガクガクと両膝を震わせ、だらしない声を口からあふれさせることしかできなかった。

ぎゅっと眼をつぶると、歓喜の熱い涙が眼尻を濡らした。

長々と続いた射精を終え、すべてを早月の口内に吸引されて眼を開けると、早月もまた、涙で頰を濡らしていた。息ができないくらいペニスを深く咥えていたから、苦悶の涙に違いなかった。それでも約束どおり、僕の漏らした男の精を一滴残らず嚥《えん》下《か》してくれた。しばらくの間、激しくむせていた。苦悶の涙を流しながらも、ひどく満足そうだった。

4

僕は夜の六本木を歩いていた。

足元が覚束ないのは、酒を飲みすぎたからか、あるいは眩暈がしそうな過去を長々と思いだしていたせいか。

すれ違うカップルたちからは、「これからセックス」という生々しい雰囲気ばかりが伝わってくる。

僕と早月の間にも、いつもセックスがあった。

もちろん、ライブや映画、遊園地や旅行だって楽しんでいたけれど、早月とふたりのときはあくまでそれは添え物で、夏の野外フェスに行けばテントの中で体を重ね、遊園地にいけば観覧車の中で繋がった。深夜の小学校に忍びこみ、小便小僧のいる池の側でこっそりまぐわったことまである。

どこか冒険しているようなところがあった。

僕は性的にはごくノーマルで、歴代の元カノもそうだったから、セックスはいつもふたりきりの密室で行なわれる秘めやかな儀式だった。自分のやり方に疑問をもったこともなかったし、それで充分に愉《たの》しめた。

しかし早月は、なにかにつけて、

「ねえ、こんなことされたことある?」

と訊ねてきては、常識を飛び越えていこうとした。僕の手を取って、セックスの大海原《おおうなばら》に刺激を探す旅に出た。

いや、そう言ったら、すべてを彼女の責任にしているみたいで、いささかずるいかもしれない。

もちろん、僕から誘ったことも数えきれない。早月といると、不思議なくらい好奇心旺盛になっている自分に出くわす。梨子を抱くとき妙にオヤジっぽくなってしまうように、早月といると手を取りあって未知なる世界にジャンプしたくなる。

手を繋いでいないと不安になるのかもしれない。

どこかの誰かにさらわれそうで、心が千々《ちぢ》に乱れる。

若い僕は彼女に夢中だった。

僕たちがいつでも刺激的な場所で抱きあっていたのかというとそういうわけではなく、裸になるメインの場所はひとり暮らしの僕の部屋だった。東京に実家があるのにひとり暮らしを始めたのは早月とセックスするためだと言ってよく、彼女は週に三日は泊まりにきていた。

部屋にいればふたりともずっと裸で、いつもベッドの上にいた。僕たちはオーラルセックスが好きだった。お互いの性器がふやけるほどに舐めあって、達しそうになるのを何度もこらえて、ようやく体を重ねあう。いろいろな体位で腰を振りあう。早月は騎乗位《きじょうい》が好きで、僕は正常位とバックが好きだった。要するに、お互い自分がイニシアチブを握りたいだけなのだが、イニシアチブの奪《うば》いあいが快楽の与えあいへとシフトし、やがてめくるめく陶酔の時が訪れる。どちらが上になっていても下になっていても、性器が一体化してしまったような恍惚をふたりでむさぼる。

射精はかならず、早月の口にした。

「コンドーム嫌い。気持ちよくない」と早月が生での挿入を求め、若かった僕も同じ意見だったのだが、さすがに中では出さなかった。

僕が彼女の口に出しおえると、早月は僕の出したものをすべて嚥下し、残滓《ざんし》をきれいに舌で拭《ぬぐ》ってくれた。どんなに息があがっていても手を抜かず、丁寧に丁寧に舐めてくれる。

若い僕は一度や二度放出したくらいでは萎《な》えなかったし、早月の熱烈な舌使いで新たな興奮を呼び覚まされた。ペニスを舐めてもらったお返しにヴァギナを舐め返した。恍惚を与えてくれた女の器官を、慈《いつく》しむように……。

息が整うころには、お互い舐めて舐められるシックスナインに夢中になっている。

そして再び結合だ。

それが朝までエンドレスで続く。むさぼる快楽の量に体がついていかなくなり、吐き気がこみあげてきても、意識を失うまで求めあう。それもまた、僕たちのセックスの冒険だった。

「わたし、こんなにやりまくった男って他にいないよ」

早月はよく、オルガスムスの余韻《よいん》の浮かんだ顔で言っていた。

本当か嘘かわからない。

しかし、僕にしても、あれほどセックスに淫した相手は他にはいなかった。

きっとこれからもいないだろう。

第三章　罪とセックス

1

秋晴れの日曜日、僕と梨子はおしゃれな街に引っ越した。

少し背伸びした家賃の部屋を選んだので、節約する必要があった。引っ越し業者に頼むのではなく、学生時代の友達を荷物運びに駆《か》りだした。

「うおおっ、すげえ眺めだな」

新倉宗則《にいくらむねのり》がベランダから身を乗りだして声をあげれば、

「それに広ーい。うちらのボロアパートとはわけが違うわね、さすが次期社長……」

並木舞香《なみきまいか》がリビングを見渡して深い溜息をもらした。

「次期社長なんて決まってねえよ。これでも幸せな家庭を築くために無理したんだ」

僕はいささかムキになって言い返した。

大学時代のサークル仲間で、ふたりは恋人同士だった。当時から同棲《どうせい》し、一緒にバンド活動をしている。新倉は肩まであるドレッドヘアで、舞香は黒髪の短髪をツンツンに立ててライダースの革ジャンを着ているから、風貌《ふうぼう》からして堅気《かたぎ》には見えない。

僕が「暇だったら引っ越しを手伝ってくれないか。日給出すから」と声をかけると、彼らはふたつ返事で駆けつけてくれた。

バンド活動の合間にバイトで生計を立てているその日暮らしのようなものなので、友情を発揮するより日給に惹《ひ》かれたようだったが、文句は言えない。僕にしても、就職しないで夢を追いかけている彼らの生き方を否定しながら、いざというときは頼りにしてしまうのだからお互い様だった。

「克彦さん……」

エプロン姿の梨子が、財布を片手にパタパタとスリッパを鳴らして近づいてきた。

「わたし、コンビニ行って飲み物買ってきます。なにがいいですか？」

「えーと、烏龍茶《ウーロン》がいいかな」

僕が言うと、

「俺、コーラ」

「あたし、ラテ。甘くないやつ」

新倉と舞香がそれぞれ手をあげて言った。

「はい。烏龍茶にコーラにラテですね。じゃあ行ってきます」

梨子は笑顔を残して、段ボールが山積みになった部屋を出ていった。引っ越し作業がある今日は、いつものミニスカートではなくデニムパンツだったが、後ろ姿はやはり可愛《かわい》い。お尻が小さいからぴったりしたパンツルックもよく似合う。

「すっかり新妻《にいづま》って雰囲気《ふんいき》だな」

梨子が出ていくと、新倉が意味ありげに笑った。

「ひらひらしたピンクのエプロンなんか着けちゃって……可愛いけどさ」

「母親が料理研究家なんだよ」

段ボールから出した本を本棚に詰めながら僕は言った。

「彼女自身もパテシエを目指してるんだ。母親の仕事を手伝いながらね」

「すごいな、うちのサークルには間違ってもいないタイプだ」

「でも、なんかわかる」

舞香が訳知り顔で口を挟《はさ》んだ。

「早月と正反対だもんね、あの子」

僕は一瞬、返す言葉につまった。

「……そうかね？」

「そうよう。まるっきり真逆。それはもう、潔《いさぎよ》いくらいに」

舞香は早月の数少ない女友達のひとりだったが、僕が別れるのに前後して、没交渉になったらしい。大手企業に勤める早月と、学生時代と同じノリでバンド活動を続けている舞香では、話も合わなくなったのだろう。

「なんか棘《とげ》のある言い方だな。べつに早月と比べてどうこうっていうのはないぜ。早月、梨子は梨子さ。正反対だなんて思ったこともない……」

言いながら、自分でも苦しい言い訳だと思った。

舞香の言いたいことはよくわかった。

「あたし、ああいう子、大っ嫌い。可愛い子ぶっちゃって、見ているだけで虫酸《むしず》が走る。ああいう男に媚《こ》びた女のほうが、本当はしたたかなんだから！」

さすがに口には出さないが、そんなところだろう。

梨子は甘え上手で従順で、男に頼ることで男の自尊心を満たしてくれる、そんなタイプの女の子だった。ぶりっ子と言えばぶりっ子であり、意地悪な言い方をすれば、いつだって男の眼に可愛く映ることばかり考えている。

サブカル系のサークルに集まってくるような女はどこかひねくれているから、そういうタイプに好感をもつことはない。

舞香はとくにそうだった。自立心旺盛《おうせい》だし、ベリィショートの髪型にパンキッシュなファッション。みずからギターを弾いて歌を歌い、男ばかりのバンドのメンバーを率いていて、「男前な女」とからかわれることさえしばしばある。

梨子と正反対というなら、舞香だって充分に正反対なのだ。

「ねえねえ、彼女とどこで知りあったの？」

舞香が肘《ひじ》で僕を突ついてきた。

「あー、うちの親父が彼女の母親の古い友達でね」

「親の紹介？」

「まあ、そうだな」

「じゃあもう、完全に結婚前提っていうか、お見合いみたいなものじゃん！」

「からむね、ずいぶん」

僕は苦笑しつつ舞香を睨《にら》んだ。

「おまえが梨子みたいなタイプが嫌いなのはわかるけどさ。いいじゃないか、俺がいいと思ってるんだから」

「べつに……嫌いなんて言ってないじゃないよ……」

言葉を濁《にご》しつつも、舞香の顔には相変わらず、「ああいう男に媚びた女のほうが、本当はしたたかなんだから」と書いてあった。

学生時代、部室や飲み会で恋愛談義になると、舞香はよくその台詞《せりふ》を口にしていた。舞香だけではなく、サークルの女たちはたいていそうだった。口角泡を飛ばしてぶりっ子の同級生を糾弾し、ぶりっ子アイドルに悪態をつき、ぶりっ子女子アナの将来に暗雲が立ちこめるよう呪《のろ》いをかけていた。

僕も当時はそんな意見に同調していたものだ。

早月はぶりっ子とは縁もゆかりもないキャラだったし、一般論としてもサークル女子の言い分に軍配があがるはずだと思っていた。

しかし、いまの心境は少し違う。

ぶりっ子でなにが悪いと思う。したたかに立ちまわって男心をつかもうとするなんて、健気《けなげ》なものではないか。彼女たちの目的は理想的な結婚であり、幸せな家庭である。アルバイトしながらバンド活動するよりも、ずっと現実的で建設的な夢ではないか。

そういう女に支えられてこそ、男は仕事に邁進《まいしん》できる。僕は仕事に邁進したい。女に振りまわされて心を千々に乱すのなんて二度とごめんで、可愛い梨子と暖かい家庭を築いていきたいのだ。

なんだか言い訳じみているだろうか。

僕と梨子なんて、ひと皮剝《む》けば打算と打算がつっかえ棒のように支えあっているだけの、寒々しい関係なのだろうか。

違う、としか言いようがない。

人の愛には打算がついてまわるものだが、だからといってそれが愛ではないとは誰にも断言できないはずだ。僕は梨子のことが好きだった。梨子を幸せにすることがある種の使命だと思えるほどに、彼女のことを愛していた。

2

新倉と舞香のおかげで、夕方には引っ越しの荷ほどきはあらかた片づいた。

新しく購入した家具が届くのは明日だから、まだリビングはガランとしていたが、梨子が用意してきたオレンジ色のカーテンと照明器具、色とりどりのマットやスリッパのおかげで、部屋らしい雰囲気が少し出た。女と暮らす実感がわいてきて、僕はなんだか気恥ずかしくなり、気分が落ち着かなかった。

「それじゃあ、お疲れの乾杯をしにいくか」

外に飲みに行こうと誘うと、

「いや、ここで飲もうぜ」

新倉が言った。

「このあたりの飲み屋じゃ高そうだし、気取った店じゃ酔えないしさ」

「そうね。あたしもこんな素敵なマンション、しばらく住めそうにないから、堪能《たんのう》しておきたいかな」

舞香も同調したので、部屋での酒盛りになった。コンビニで酒を買ってきて、リビングに四人で車座になって飲んだ。学生時代と同じノリが、なんだかひどく懐かしかった。

「ねえねえ、吉武くん。引っ越し祝いに一曲歌ってあげようか?」

酔った舞香が声のオクターブをあげ、

「勘弁してくれ。引っ越し当日に騒音で追いだされたらシャレにならない」

僕は必死に制さなければならなかったけれど、ご機嫌に笑っていた。梨子のお手柄だった。梨子が家とスーパーを何度も往復し、気の利いた料理を次々に出してくれたからだ。

さすが母親が料理研究家だけあって、マリネだのスフレだのフリットだの、普通の家庭料理からはワンランクもツーランクも上のメニューばかりが出てきた。梨子にしてみればここが腕の見せ所だったのだろうが、新倉も舞香も「おいしい、おいしい」と大絶賛、僕は自慢の花嫁候補を褒《ほ》められてご満悦、となった次第である。

ただ、梨子は料理をつくりおえると早々に寝室に引っこんでしまった。

元々大勢で酒を飲んでワイワイ騒ぐタイプではないし、仲間内の話についてこられない気後《きおく》れもあったのだろう。梨子の料理を食べてますますヒートアップしていく僕たちを尻《しり》目《め》に、ひとりリビングを後にした。

「なんだか悪いわね、彼女に気を遣《つか》わせちゃって……」

舞香が申し訳なさそうに肩をすくめ、

「かまわないさ。引っ越しで疲れて早く寝たかったんだろ」

僕は笑顔で答えた。舞香と梨子の波長が合わないのはよくわかったので、むしろ内心で安堵《あんど》していた。

「それにしてもいい子だな」

新倉が腕組みをして唸《うな》った。

「なんだい？　すっかり餌《え》づけされちまったかい？」

僕が言うと、新倉は苦く笑い、

「いやあ、料理もうまいけどさ、あの奥ゆかしさがいいよ。男に尽くして生きていく、大和撫子《やまとなでしこ》って感じだな」

唸りながら赤ワインをガブ飲みした。

「なにが大和撫子よ」

舞香が失笑する。

「でも、吉武くんにはお似合いだと思う。だって、吉武くんが二代目社長になったら、彼女が社長夫人でしょ？」

「そんなの決まってるわけじゃねえって」

僕の声は尖《とが》った。

「だけど可能性は高いわけじゃない？　っぽいわぁ、あの子、社長夫人っぽい」

「たしかに」

新倉と舞香が眼を見合わせて笑う。

「相手が早月だったら、あり得ないもんな。やつが社長夫人になったら、会社潰《つぶ》れちゃうよ」

「そーねー、早月も悪い子じゃないんだけどねえ」

「もういいよ、あいつの話は」

僕は苦笑まじりに首を振った。

「三年も前に別れたんだ。いまじゃ遠い昔の話だって」

「どーしてよう？　いいじゃない、早月よりイマカノのほうがいいって言ってんだからさ」

舞香はかなり酔っているようで、呂律《ろれつ》があやしくなってきた。そうなると面倒くさいのが舞香という女だった。

「でも、早月だっていいところあったんだよ、ああ見えて」

意味ありげな眼つきで言った。

「……なんだよ？」

「聞きたい？」

「そういう言い方されるとムカつくけど……」

「早月の就職希望先ってさ、最初は化粧品会社だったって知ってた？」

舞香は僕の顔色をうかがいながら言葉を継いだ。僕は首を横に振った。

「吉武くんが広告代理店に行くっていうから、変更したわけ」

そんな話は初耳だったが、

「たまんねえな」

僕は吐き捨てた。

「おかげで、こっちは落とされた。あいつが代理店志望にしたせいで、押しだされたのかもしれない。興味もないのに易々《やすやす》と受かりやがって……」

「易々とじゃないって」

舞香は首を横に振った。

「早月、ものすごく勉強してたよ。わたし、面接の練習にもすごく付き合わされたもん。この子、こんな努力家なところがあったんだって驚いたくらい」

それもまた、知らない話だった。早月は僕の前では、就職試験の準備などまったくしていないように振る舞っていた。だいたい僕は、彼女が広告代理店を志望しているという話さえ聞かされていなかったのだ。

しかし、いまさら蒸《む》し返してどうなるものでもないだろう。

「ねっ？　ちょっとは早月のこと見直したでしょ？」

舞香の得意げな顔に僕は苛立《いらだ》ち、

「いや。浮気をする女は最低だ。死ねばいいよ」

声を尖らせて言ってしまった。酔っていたのかもしれない。酔っていたのだろう。そうでなければ、そんな台詞を吐くはずがなかった。言えば誰よりも傷つくのは、他ならぬ自分自身なのだから……。

僕のひと言が、シラけた空気を流させた。さすがの舞香も口をつぐみ、なんとかしろと新倉に目配せしている。

「浮気はイカンッ！」

突然、新倉が叫んだ。

「浮気はサイテーだ。自分勝手にも程があるって。マジで死んだほうがいい」

「……おまえが言うことかよ？」

僕は溜息まじりに新倉を睨んだ。舞香は眼を泳がせている。

新倉には、かつて舞香を裏切って浮気をした前科があった。

大学を卒業間際、サークルの後輩に手を出した。新倉は一夜限りの遊びのつもりだったようだが、相手の女の子は高校時代から新倉に憧《あこが》れていたとかで、つい口が軽くなった。ふたりのあやまちは一週間もしないうちにサークル中の人間が知るところとなり、もちろん舞香の耳にも入った。

新倉は当時、実家からの仕送りを楽器のローンに注ぎこんでアパートを追いだされ、舞香の部屋に転がりこんでいた。おまけに、卒業してからバンド一本でやっていこうと腹を括《くく》ったばかりで、そのバンドのギター兼ボーカルが舞香だった。つまり、舞香と喧嘩《けんか》別れしてしまえば、住む場所も未来を賭《か》けた夢もすべてが台無しになるわけだ。新倉は窮地に追いこまれた。

サークルの人間は、僕を含めた全員が、哀《かな》しい結果に終わることを予想した。舞香は浮気を許すような女ではなく、またご丁寧に、浮気相手のタイプが舞香の大嫌いなゆるふわ頭のぶりっ子だった。新倉は部屋からもバンドからも追いだされ、途方に暮れるに違いないと誰もが思っていた。

ところが、そうはならなかった。

舞香は新倉を許し、ふたりは別れなかったのである。舞香にとっても新倉は、生活の上でもバンドの上でも掛《か》け替えのないパートナーだったということらしい。その騒動以降、ふたりは以前にも増して仲睦《なかむつ》まじくなったようにも見えた。

ただ、新倉の人格に変化があった。

ドレッドヘアに髭《ひげ》、タトゥーまで入れている強面《こわもて》のくせに、舞香の尻に完全に敷かれるようになった。舞香と付き合う前から女にだらしないやつで、好色であることを隠さないタイプだったのに、卑猥《ひわい》なジョークさえ口にしなくなった。それでも本人は涼しい顔だったから、不思議と言えば不思議だった。

「いったいどういう心境の変化だよ?」

僕はかつて、新倉に訊《たず》ねたことがある。

「ここまで見事に心を入れ替える人間っていうのも、珍しいよな」

新倉は飄々《ひょうひょう》と笑っていた。

「要するに、俺には舞香が必要なのさ。舞香にとっても同じだ。そういう女を哀しませることはやめようって決めたんだ」

「カッコつけんなよ。きっちり尻に敷かれてるくせに」

「まあね。でも、それはそれでそんなに悪くない」

新倉はやはり飄々と笑いつづけた。

3

酒盛りがお開きになったのは、深夜零《れい》時過ぎだった。

一度シラけてしまった場は元の盛りあがりを取り戻すことなく、話もはずまないまま酒ばかり飲んでいたので、三人ともすっかり泥酔してしまった。

「ねえ、吉武くん。ここに泊まらせてよ。帰るの面倒になっちゃった」

舞香が赤くなった眼をこすりながら言えば、

「始発の時間になったら、適当に帰るから」

新倉は床に寝ころんでしまう。

「いや、でも……布団《ふとん》とかないぜ」

「大丈夫よ、雑魚寝《ざこね》で。うちらそういうの慣れてるし」

舞香も床に転がった。

「そうか……」

僕も酔っていたので面倒くさくなり、ふたりをリビングに残したまま寝室に引っこんだ。フローリングの床に雑魚寝というのも可哀相《かわいそう》な気がしたが、本人たちがいいと言うのだからいいだろう。願わくば明日の朝、梨子が眼を覚ます前にいなくなっていてほしい。

寝室には巨大なダブルベッドが鎮座《ちんざ》していた。

リビングの調度はまだ届いていないが、ベッドだけは数日前に運びこまれていたのである。梨子はその片隅で、仔猫のように丸くなって寝息をたてていた。余ったスペースが広すぎて、なんだか淋《さみ》しそうだ。

酔った眼で、ぼんやりと眺めていた。

俺が浮気したらどうするのだろう、と思った。

対《つい》で飼わないと淋しくて死んでしまうという、赤目のウサギが脳裏をよぎる。僕はたまらなく保護欲をそそられ、抱きしめてやりたくなったが、舞香なら「寝ているときまでぶりっ子して！」と地団駄《じだんだ》を踏むのかもしれない。

梨子を起こさないように注意しながら、ベッドに入った。

したたかに酔っていたし、引っ越し作業でくたくたに疲れている。朝までぐっすり安眠をむさぼれるだろうと思っていたが、そうはいかなかった。

リビングから口論が聞こえてきたからだ。

大きな声ではない。押し殺した声だったが、そういうヒソヒソ話というのは妙に神経に障《さわ》るものだ。内容まではわからなかったけれど、気になって眠りに落ちることを許してくれない。

「……でしょ！」

「……だろ？」

「……約束じゃない」

「……考えろって！」

僕は再び梨子を起こさないように注意しつつ、ベッドを抜けだした。寝室とリビングは直接ドアで仕切られていない。間に廊下がある。いったん廊下に出て、リビングに面した壁に耳を押しつけた。

「よせよ。ここ、人の家だぜ」

「新倉がわたしの地雷を踏んだからいけないんでしょ！」

「だからって、こんなところで……吉武くんが起きたらどうすんの?」

「いいわよ、見つかったら見つかったで」

「よくないよ!」

「じゃあ約束破るわけ?　キミ言ったよね。あたしが抱いてほしいときはどんなときでも抱いてくれるって、浮気を許したとき言ったよね」

「だからって、ここじゃあまずいってば……」

ふたりがなにをしようとしているのか容易に想像がついたので、僕は胸底で舌打ちした。唖然呆然《あぜんぼうぜん》、驚くほどの無軌道《むきどう》ぶりだ。いくら社会の規範からはみ出して生きるバンドマンだって、やっていいことと悪いことがある。友人の家のリビングでセックスしようとするなんて、言語道断の破廉恥《はれんち》さだ。

ただ、僕も酔っていた。

そっちがその気ならこっちにも考えがある、と妙な闘志《とうし》がわいてきた。のぞいてやる。

見つかる覚悟で事に及ぶなら、きっちりと見つけてやろうではないか。

髪型やメイク、服装はいささか過激だが、舞香は美人の部類に入る。眼鼻立ちの整った綺麗な顔をしているし、スタイルだって手脚の長いモデル体型、さぞやのぞき甲斐《がい》のあるヌードを披露《ひろう》してくれることだろう。なにより、「男前な女」である彼女が行なうセックスに、好奇心を揺さぶられた。

ドアを開けてはさすがに気づかれるだろうから、ベランダに出ることにした。寝室とリビングのベランダは繋がっているのだ。廊下から寝室に戻り、梨子がぐっすり眠っていることを確認してから、ベランダに続くガラス戸を開けた。

晩秋の夜風は冷たい。一歩外に出ると酔いが覚めかけたが、三歩進むと寒さはまったく気にならなくなった。

カーテンの隙間からリビングの様子が見えたからだ。

オレンジ色の常夜灯の下で、舞香がペニスを咥《くわ》えていた。

先ほどの口論では、舞香が強引に誘い、新倉は拒《こば》んでいたはずなのに、ペニスは隆々《りゅうりゅう》と勃起《ぼっき》しており、薄闇の中で大蛇のような存在感を放って、舞香の薄い唇《くちびる》にぴっちりと包みこまれていた。

つまり、新倉にしても満更《まんざら》ではなかったということか。

僕は呑みこんでいた息をゆっくりと吐きだし、その場にしゃがみこんだ。

エアコンの室外機に身を隠しながら、さらにカーテンの隙間に両眼を近づけていく。

リビングの隅々《すみずみ》にはまだ荷ほどきをしていない段ボールが積まれ、ガランと空いた部屋の中央で新倉はあお向けに横たわっていた。僕から見て、横向きの格好だ。

舞香は、新倉の両脚の間で四《よ》つん這《ば》いになり、フェラチオに勤《いそ》しんでいた。まだ服は着ていたが、鼻息さえ聞こえてきそうな熱っぽさで、勃起しきった肉の棒を頬張《ほおば》り、唇をスライドさせている。

勇ましい容姿とやってることの淫《みだ》らさに、身震《みぶる》いを誘うほどのギャップがあった。ツンツンに逆立ったベリィショートの黒髪、眼を黒く縁取《ふちど》ったメイク、わざと破いて安全ピンで補修してあるガーゼTシャツ、そんないでたちなのに、舞香はさもおいしそうにそそり勃《た》った男根をしゃぶっている。唾液にまみれて卑猥な光沢を纏《まと》ったペニスを見て、愛《いと》おしげに眼を細める。

僕は勃起してしまった。

舞香が女の顔をしていたからだ。

と同時に、無性に腹が立った。

ここは僕と梨子が甘い新婚イブの生活を送るために借りた場所であり、ドレッドヘアの男と髪を逆立てた女が肉欲に溺《おぼ》れるべきところではない。窓を開けて踏みこんでやりたい衝動に駆られたが、寸前で思いとどまった。

舞香がガーゼTシャツとインナーウエアを脱ぎ捨て、黒いレースのブラジャーも取ったからだ。

白い乳房が揺れた。着瘦《きや》せするタイプらしい。思ったよりもずっと豊かなふくらみに、僕は生唾《なまつば》を呑みこんだ。

新倉が「おいおい」という困惑《こんわく》顔で上体を起こしたが、舞香はかまわずデニムパンツも脱いで、黒いショーツまで脚から抜いてしまう。

オレンジ色の薄闇に現われた舞香の裸身は細くしなやかで、白蛇を彷彿《ほうふつ》とさせた。普段ほとんど露出させていない肌が、爬虫類《はちゆうるい》の腹部のように白かった。

新倉はしきりに後ろを振り返って、廊下のドアを見やっている。

僕が眼を覚まして寝室から出てこないか気にしているようだが、残念ながら僕はベランダからその様子をのぞいているのだった。彼の大切なパートナーの、胸のふくらみや乳首の色、恥毛の生え具合までこの眼で見てしまっている。

不意に罪悪感がこみあげてきた。

人のセックスをのぞいているのだから、それも当然だろう。冷たい夜風にあたったことで少し酔いが覚め、その程度の理性は取り戻しつつあった。これ以上見ないほうがいいと、友情に厚いもうひとりの自分が言う。

なのに、体は金縛りに遭《あ》ったように動かない。

薄闇の中で白蛇のように艶《なま》めかしくうごめく舞香の裸身に、視線を釘づけにされてしまう。

舞香は新倉のズボンとトランクスを脱がすと、腰にまたがった。蹲踞《そんきょ》のようなM字開脚を披露してそそり勃つ男根をつかみ、みずからの性器に導いていく。

まるで結合部を見せつけるような、卑猥な体位だった。

それがいつものやり方なのかと思ったが、どうやらそうではないらしい。

舞香も新倉も、お互いハアハアと息をはずませながら、視線をぶつけあっていた。どちらの顔も可哀相なくらいひきつっている。何事か含むものがあって、舞香は偽悪的にそんな露骨な体位をチョイスしたようだ。

舞香が息を呑む。

ゆっくりと腰を落としていく。

視線をぶつけあったまま、じわり、じわり、と腰を落として、硬くみなぎった男根をM字開脚の中心に埋めこんでいった。眉間《みけん》に険《けわ》しい縦皺《たてじわ》を寄せ、首に何本も筋を浮かべた。

「くぅううう――っ！」

そんなうめき声さえ聞こえてきそうだった。残念ながら窓がしっかりと閉まっていたし、すぐ隣が寝室なので舞香は歯を食いしばって声をこらえていた。そのことがよけいに、顔を生々しい朱色に染めあげていく。

舞香は最後まで腰を落としきると、プルンッ、プルンッ、と先端の尖りきった胸のふくらみを揺れはずませた。M字開脚に脚を立てたまま上体を前に倒し、新倉に覆い被さった。唇を重ねて、舌を吸いあった。舞香の脚は長いので、まるで巨大な女郎蜘蛛《じょろうぐも》が新倉に食らいついているようだった。

ひとしきり舌を吸いあうと、舞香は再び上体を起こし、腰を使いはじめた。両脚を立てたまま、両手で新倉の腰をつかみ、股間を前後にしゃくる。粘っこい肉ずれ音さえ聞こえてきそうな腰使いを見せると、彼女の姿はますます男の精を吸いとる女郎蜘蛛に見えた。

なんだか滑稽《こっけい》だった。

ツンツンに黒髪を立たせた女郎蜘蛛と、ドレッドヘアの生《い》け贄《にえ》の男のまぐわいだ。エロスよりも滑稽さが滲《にじ》みでてもしかたがない。

しかし、僕は笑えなかった。

視線をぶつけあう舞香と新倉の表情に、尋常ではない悲壮感が漂っていたからだ。もちろん、セックスに励《はげ》む表情はどこかしらそういうものであろうが、欲情よりもずっと激しい哀しみを、見ている僕に伝えてくるのだ。

酒盛りの席で、酔った新倉が不用意に発したひと言が原因に違いなかった。

「浮気はサイテーだ。自分勝手にも程があるって。マジで死んだほうがいい」

自虐《じぎゃく》的なジョークのつもりだったのかもしれなかったが、完全にすべって舞香を傷つけた。新倉自身も傷ついた。愛しあい、求めあうふたりの間に横たわった、浮気の事実——それが窓ガラスの向こうから伝わってくる激しい哀しみの正体に違いない。

舞香が腰を動かす。

性器と性器をしたたかにこすりあわせる。

お互いの陰毛がからまりあいそうなほど結合を深めていく。

舞香は確認したいのだ。

言葉ではなく、男を勃起させ、肉と肉とをこすりあわせるという動物レベルのことで、自分が必要とされることを確かめたいのだ。自分がこの男を必要としているかどうか、自分の体に問い質《ただ》したいのだ。

だからふたりの表情は悲壮であり、どこまでも切実だった。肉欲に淫《いん》していながら、見ている者の胸を打つ感情の揺らぎがあった。

舞香はかつて、新倉に浮気をされた。

しかし、許した。

おそらく、身を切るような思いで。

僕は……。

許せなかった。

そしていま、自分を裏切った女と正反対のタイプと結婚しようとしている。

僕もあのとき早月を許していれば、こんなセックスをしていたのだろうか？

心ではなく、体に問いかけ、体で答えを探すような情交を……。

いや、体に問いかけることで、心の奥の奥までのぞきこもうと、もがき苦しんだだろうか？

「ああっ、いいっ！」

窓ガラスの向こうから、そんな歓喜の絶叫が聞こえた気がした。

舞香は女郎蜘蛛の体勢をやめ、両脚を前に倒した。左右の細い太腿《ふともも》で新倉の腰を挟み、腰を上下にはずませた。自分の体の奥から漏《ぬ》れた粘液でぬらぬらと濡れ光る男根を、唇によく似た女陰でしたたかにしゃぶりあげた。

なにかがはじけたようだった。

肉の悦《よろこ》びが過去の哀しみを凌駕《りょうが》したのか？

快楽が荒《すさ》んだふたつの魂《たましい》を結びつけているのか？

新倉が下から両手を伸ばしていく。

白い乳房を揉みくちゃにし、乳首を指で押し潰す。すぐにそれだけでは満足できないという切羽つまった表情になり、舞香の上体を抱き寄せる。

新倉に覆い被さった舞香は、しつこく腰を使いながら潤みきった瞳で新倉を見つめた。

新倉も熱い視線で、下から舞香を見つめ返す。

ふたりの視線はもう、ぶつかっていなかった。ねっとりと濡れてからみあい、溶けあっていった。

新倉が体位を変えた。

上体を起こし、対面座位から正常位へ。

いままで一方的に腰を使われていたのが嘘のように、ドレッドヘアを振り乱して舞香を突きあげた。ぐいぐいと突きあげながら舌を吸いたて、乳房を揉みくちゃにする。逆立った黒髪も首筋も、背中も尻も太腿も、手当たり次第にまさぐって、舞香を求めていく。堰《せき》を切ったように、腰振りのピッチがあがっていく。

燃えあがる欲情の炎が見えるようだった。

からみあう男女は一対の蛇にも似て、薄闇の中でどこまでも淫靡《いんび》だった。

淫靡さを謳歌《おうか》していた。

浮気をし、されたという暗い過去さえ、いまのふたりにとっては、肉欲の炎を燃えあがらせる燃料なのかもしれない。ジェラシーが男女を引き裂く刃《やいば》から、繋ぎあわせる鎹《かすがい》に転生していく一部始終を、まざまざと見せつけられたようだった。

僕は冷たい夜風に吹かれながら動けなかった。

手のひらにじっとり浮かんだ汗を握りしめながら、血走るまなこでまぐわうふたりを見つめつづけた。

第四章　南の島にて

1

「だから、いったい何回言ったらわかってくれるんですか。こんなプランじゃ全然ダメなんですよっ！　新しい店を出す意味がちっともないっ！」

僕は会議室で声を荒げた。

楕円形のテーブルには、内装デザイナーの寺島をはじめ、工事の現場責任者、クロスや食器のコーディネイター、フロアマネージャー、調理場のチーフなどのメインスタッフが、雁首揃《がんくびそろ》えて並んでいた。みな一様に腕組みをしたり、口をへの字に曲げたりして、押し黙ったまま僕と眼も合わせてこない。

新店舗のオープニングの期日が迫ってきた。

日数を逆算すると、今週中にスケジュールを決め、作業を進めていかなくては、予定の日に店を開けられない可能性が出てくる。

そこで「スタッフの総意」として、ひとつの企画書が僕に提出された。寺島を中心に――つまり僕をはずして――メインスタッフたちだけで会合を重ね、意見の統一を図ったというわけだ。

裏でコソコソやりやがって、という怒りももちろんあったが、それはまだいい。身を乗りだしたくなるような素晴らしいアイデアがあがってきたなら、やり方に文句をつけるのはこらえてもいい。

しかし、彼らが血判状《けつぱんじよう》を出すような深刻さで僕に提出してきた企画書は、凡庸《ぼんよう》そのものだった。いや、凡庸よりもっとタチが悪い。現在〈YOSHITAKE〉が展開している洋風居酒屋は全部で五つある。その各店舗の評判のいい部分を寄せ集めて、サービスからメニューまでほとんどを踏襲《とうしゆう》しようとしているのだから、なにも考えていないも同然だった。オリジナリティ、ゼロである。

「僕はいつも言ってますよね。客を惹《ひ》きつけるのは、小綺麗な洗練じゃなくて野蛮なくらいな情熱だって。それがなんですか、これは……」

企画書を机の上に叩きつけた。

「情熱どころか、やる気がちっとも感じられないやっつけ仕事じゃないですか。いままであったものと同じことをやるだけで、面白くもなんともない。みんなで寄ってたかって考えてこんなもんしか出てこないのかと思うと、情けなくて涙が出てきますよ……」

「克彦くん……」

それまで眼をつぶって話を聞いていた寺島が、僕を見て言った。なんだか憐《あわ》れみをかけるような眼つきだった。

「これはキミのためでもあるんだ。キミはまだ若い。若いってことは、なにも知らないってことだ。いろいろなことがわかってから冒険するなら、それはそれでいいだろう。しかし、キミはまだキャリアのとば口にいるんだよ。まずは赤字の可能性の少ない、無難な線でプロジェクトを成功させることを優先したほうがいい。経験を積むんだ。キミが小馬鹿《こばか》にしている我々の企画だって、実際の仕事にかかれば困難ばかりが襲《おそ》いかかってくる。それを乗り越えて、イッパシになっていくんだよ」

スタッフ全員が深くうなずく。

「……そうですか」

僕は震《ふる》える声を絞《しぼ》った。

「じゃあ、僕がここにいる意味なんてないですね。僕は社長から、新店舗を開発しろって指示を受けました。しかし、いまやろうとしていることに開発なんてなにひとつない。右から左の流れ作業があるだけです。恩着せがましく言ってますけど、いまある店と同じことやってそれがキャリアになるなら、コピー取りだってお茶くみだってキャリアになりますよ……」

屁理屈《へりくつ》だった。そんなことはわかっていた。

「僕なんかいてもいなくても一緒でしょうから、あとはみなさんにお任せします。頑張って、クソ面白くもないルーチンワークに汗水流してください」

僕は椅子《いす》を蹴《け》って立ちあがった。

「待ちなさい、克彦くんっ！」

背中で寺島が声をあげたが、振り返りもせずに会議室を飛びだした。

最悪だった。

どうしてこうなってしまうのだろう。スタッフとうまくやりたいという気持ちは人一倍強いはずなのに、気がつけばいつもこんな具合になっている。

もちろん、寺島の言葉を額面どおりに受けとるわけにはいかない。彼が僕のためを思って、なにかをするなんてあり得ない。要するに向こうの作戦勝ちだった。僕を怒らせ、みずから仕事を放りださせれば、あとは自分たちの思うがままというわけだ。わかっていたはずなのに、キレてしまった。

オフィスのデスクに戻ってもいたたまれず、会社を出た。

まだ午後四時前、完全なるサボタージュだ。

こんな時間に家に帰るわけにもいかず、酒場がオープンするにもまだ早い。行き場をなくした僕の足は、自然と新店舗の予定地に向かった。

新宿《しんじゅく》から私鉄で十分。そこからさらに歩いて五分。繁華街の喧噪《けんそう》は遠く、商業地域と住宅地の間に位置する雑居ビルの地下一階。

やはり、こんなところに普通の洋風居酒屋を出して集客が望めるとは思えなかった。ただ、話題の店なら足を伸ばせるぎりぎりの距離にある。どう考えたって必要なのは、普通じゃないインパクトであり、心の躍《おど》るサプライズであり、それを支える店側のパッションだろう。

地下へ続く階段を降りた。

店はいわゆるスケルトンの状態で、内装がすべて撤去されているから、コンクリート剝《む》きだしのガランとした空間があるだけだった。

埃《ほこり》っぽい闇《やみ》が支配していた。

けれども僕には、闇の奥にジャングルが見えた。

ＤＪブースから送られるアンビエントミュージックも聞こえたし、そこで都市生活の疲れを癒《いや》す男女の姿をありありと想像できた。南国果実の甘い匂いと、ウイスキーやテキーラの香り。時折、ジャングルの中でストロボが瞬《またた》いてビクッとする。戦争のフィルムが不安を駆《か》りたてる。緊張と緩和。サプライズイベントでロックバンドが突然演奏を始めることもあれば、ストリップダンサーがセクシーなショーを披露《ひろう》することがあったってい い。ペット連れ可の日をつくり、ドッグランさながらにトイプードルやダックスフントが店内を走りまわっていたってOKだ。

悔しくて涙が出てくる。

いま僕に見えているのは自分勝手な妄想で、ビジネスのセオリーを鑑《かんが》みない馬鹿げたアイデアなのだろうか。冒険することを否定し、安全策を張り巡らせることが、すなわち生活を守ることだとでも言いたいのか。

「馬っ鹿じゃねえの……」

埃っぽいコンクリートの床を蹴飛ばした。

「勝手にしろっ！　死ねっ！　死ねばいいよっ！」

ガッ、ガッ、と踵《かかと》を鳴らして床を蹴飛ばす。店がスケルトンでよかった。椅子やテーブルが残っていたら、後先考えずに暴れていたかもしれない。椅子を振りあげ、血まみれになって店中をぶち壊してまわる自分の姿が、怒りに燃え狂う脳裏《のうり》にまざまざと浮かびあがっていた。

2

とても家に帰る気分にはなれなかった。

酒が飲みたかった。

かといって金もない。引っ越しで貯金を叩《はた》いてしまったし、新店舗開発のためのマーケティング費用として経理から引き出した金は、市場調査の酒場巡りで残らず使い果たしていた。

必然的に、僕の足はある場所へと向かった。学生時代から馴染《なじ》みの店で、金がなくても泥酔したいときに重宝しているところだ。

バブルの地上げから奇跡的に生き残り、半世紀前からのいかがわしい面影《おもかげ》を残したまま現在に至る、新宿ゴールデン街。

戦後の闇市から青線地帯となり、その後は全共闘世代の溜《た》まり場になっていたこの街も、最近ではオカマバーや文壇《ぶんだん》バーの影が薄くなった。

かわりに目立つのは、二十代、三十代の若いオーナーが経営している一風変わった個性的な店だ。三坪ほどの小さな店ばかりなので、初期投資が少なくてすむから、やる気のある若手が新規参入しやすい。古いものと新しいものが混じりあい、火花を散らして交錯《こうさく》して、エネルギッシュなカオスを形成している。

目当ての店に入ると先客がいた。

嫌《いや》な予感がした。

「おや、吉武くん」

振り返ってメガネの奥の細い眼をますます細くしたのは、町田靖史《まちだやすし》だった。サークルの先輩で、早月と同じ大手広告代理店に勤めている。気取った縁《ふち》なしのメガネをかけているが、牛蛙《うしがえる》によく似た醜男《ぶおとこ》だ。

失敗した、と胸底で舌打ちした。ここはこの男のテリトリーだった。僕は町田が大の苦手で、同じ空気を吸っているだけで気分がささくれ立つ。

「どうしたんだい、こんなに早く。まだ五時になったばかりだよ」

気安く話しかけられ苛立《いらだ》ちが募《つの》ったが、

「それはこっちの台詞《せりふ》ですよ」

僕は町田の隣に腰をおろした。カウンターが五、六席しかない小さな店に客がひとりでは、避けて通ることもできない。

「仕事サボッて優雅に早酒ですか？　いいっすね」

「人聞きの悪いこと言うもんじゃないよ。こっちはもう終わりさ。ちょうどそこのホールに用があって、その帰りなんだ」

「ホール？　なんでまた？　あっ、僕、角のハイボールください。濃いめにつくってもらえるとありがたいな」

僕はカウンターの中にいる髭面《ひげづら》のマスターに笑みを送った。本当はビールが飲みたかったけれど、安く早く酔うための苦肉のチョイスだ。

「へへっ、知りたいかい？　そこのホールでなにしてたか」

町田が意味ありげに笑い、

「ええ、まあ……」

本当はべつにどうでもよかったが、僕はうなずいた。早月の噂《うわさ》話を耳打ちされるくらいなら、仕事の愚痴《ぐち》でも聞かされるほうがまだマシだ。

すると町田は鞄《かばん》を探り、書類の束を取りだした。宣材パンフレットのようなもので、写真が眼を惹《ひ》いた。色とりどりの水着を着けた女が七人、ステージで並んでいる。いや、水着ではなく下着だ。モデル全員がガーターベルトをして、セパレート式のストッキングを吊っている。

「今度うちの仕掛けでレディース・ランジェリーを大々的に打ちだすことになってね。それでまあ、そこのホールでささやかなショーを開催するのさ」

「へええ、いいですね。なんか華やかで」

「……それだけかい？」

「はっ？」

「感想はそれだけかいっての」

町田はメガネの奥でいやらしく細めた眼で、僕と写真を交互に見た。僕は訝《いぶか》しげに首をかしげながら、写真を注視した。

心臓が停まりそうになった。

七人並んだ下着モデル、右から二番目に見覚えのある女がいたからだ。細面《ほそおもて》に切れ長の眼、高い鼻と赤い唇《くちびる》。すらりとしたスタイルなのに、出るところはきっちり出ていて、それを黒とピンクのランジェリーで飾っている。

早月だった。

かつて愛しあった恋人が、たしかにそこに写っていた。

「元カレのくせに、気づくの遅いんじゃないのかな？　元カノが股間にパンツ食いこませて頑張ってるのに」

「これ……どういうことなんですか？」

「どういうことって、まあね……」

　町田はもったいぶってビールを口に運び、さらにゲップした。

「他のモデルはいちおう全員プロなんだけど、うちの部長曰《いわ》く、ひとりくらいは普通のOLを使ってみようってことらしい。で、我が社を代表して、キミの元カノが艶姿《あですがた》を披露《ひろう》してるわけさ」

「……よくあることなんですか？」

「ないね。前代未聞《ぜんだいみもん》だよ」

　町田は吐き捨てるように言った。

「たぶん、早月が自分で希望したんだろうな。わたしもモデルやってみたいって。いまのうちの会社には、彼女の暴走をとめられる人間なんていないから、彼女がやりたいって言えば全部やれるんだ」

　僕は答えずに眼を泳がせた。口の中に苦いものがひろがっていく。早月が「暴走」できる理由に、思いあたるところがあったからだ。

「やっぱり、女はしたたかだよな。直属の上司はもちろん、力のある役員にも寵愛《ちようあい》されてるし、スポンサーの担当部長から現場のカメラマンまで浮き名を流してるからね。ハハッ、片っ端から色眼を使って、抱かせまくりのやりまくりさ。単なるヤリマンならまだ可愛《かわい》いげもあるけど、権力握ってるやつを狙《ねら》い撃ちだからタチが……」
「おいっ！」

僕は町田の胸ぐらをつかんだ。

「いくらなんでも言いすぎじゃねえか。早月はそんな女じゃない。薄汚ねえ言葉で侮辱《ぶじょく》すんなら、キレちゃうぜ、先輩」

大学の一年先輩ではあるけれど、町田は現役でこちらは二浪、実年齢では僕のほうがひとつ上だ。

「熱くなんなって」

町田は僕の手を払い、メガネの奥から睨《にら》みつけてきた。牛蛙のような風貌《ふうぼう》をしているだけに、眼を据《す》わらせると迫力がある。

「たしかに、吉武くんにする話じゃなかったな。悪かったよ。忘れてくれ……けどさあ……」

「けど？」

「聞きたいか？　続き」

町田は恩着せがましく訊《たず》ねてきた。

「そっちが言いたいんでしょ」

　僕は口許だけで苦笑した。怒ろうがドスを利かそうが、町田はスピーカーと渾名《あだな》されるほど噂話が大好きな男なのだ。言いかけた話を途中でやめられるわけがない。

「最近の早月はさ、もう吉武くんが知ってる彼女じゃないんだ。完全にやりすぎで、社内の人間から総スカン食ってるのも事実なんだよ。そりゃあ、実際に寝てるか寝てないかなんて、当事者にしかわからんことさ。でも、状況証拠が揃《そろ》いすぎてる。部長も役員も彼女を特別扱い。夜の接待は彼女が中心。おまけに本人まで、女王様気取りときたもんだ。今日もな、ホールの下見で一緒だったんだが、俺なんか完璧にパシリ扱いなんだぜ。『町田さん、コンビニでコーラ買ってきて。カロリーゼロの』って小銭投げてよこすんだから。曲がりなりにも先輩に向かって……」

　よほど癪《しやく》に触ったらしく、グラスを持った町田の手は震《ふる》えていた。気持ちはわからないでもない。年下の女にパシリにされれば、誰だって頭にくる。

「しかし、それにしても……」

　僕は長い溜息《ためいき》をつくように言った。

「いくら女を使ったにしても、そうまで特別扱いされますかね？」

「これがなによりの証拠じゃないか」

町田は早月の写真を憎《にく》たらしげに指で叩いた。

「自分とこの社員をイメージガールに使う代理店なんてあり得ないよ。しかもブサイクだったら笑えるのに、顔もよけりゃあスタイルも抜群ときてる。プロのモデルも顔負けの美貌と体で部長も役員もタラしこみましたって見せつけられてるみたいでさ、うんざりなんだよ、もう……」

たしかに写真の中の早月は綺麗だった。顔つきが大人っぽくなったし、ボディラインにも女らしさを増していた。黒地にピンクのフリルのついた下着が可憐《かれん》にして悩ましく、プロのモデルの中に並んでなお、ひとり抜きん出ている。

「まあね、いまはこんなふうにモデル気取りで我が世の春を謳歌《おうか》してるけどさ、いつまでもこんなことは続かないよ。味方以上に敵ばっかりつくって、他人事《ひとごと》ながら心配になってくるくらいなんだから……」

「……そうですか」

僕は押し黙るしかなかった。町田も言いたいことを言いおえたらしく、黙してビールを口に運ぶ。

ふたりの表情が相当険《けわ》しかったのだろう。

「ねえ、町田ちゃん……」

カウンターの奥に座って黙していたマスターが、立ちあがって言った。

「ジャイアントコーン食べるかい？　あんたが好きだっていうから、わざわざ買っておいたんだ」

僕と町田の険悪な雰囲気《ふんいき》を和《なご》ませるため、気を遣《つか》ってくれたらしい。

「あ、うれしいな。いただきます」

町田が答えると同時に店のドアが開き、客が入ってきた。町田の連れで、僕の知らない男だった。僕はハイボールをおかわりし、彼らに背を向けて飲んだ。店を出ていくべきだったが、それはそれで負け犬じみた態度な気がしてできなかった。

孤立無援《こりつむえん》。

まわりは全部敵だらけ。

それはある意味、早月の十八番《オハコ》だった。

そういう状況になっても涼しい顔をしているのが、良くも悪くも彼女であり、僕はその強さに惹《ひ》かれた。強さに限って言えば、いまでも見習いたいと思っているほどだ。

しかし……。

誰かれかまわずやりまくる女ではなかったはずだ。

たしかに彼女ほどセックスが好きな女は、そうざらにいないだろう。

それでも、相手を選ばなかったわけではない。

選ばれていたのだと、僕は思いたい。

いや……。

ハイボールの味が急に苦くなった。

自分も浮気をされておきながら庇《かば》おうとするなんて、僕はあまりにも無邪気な馬鹿だろうか。

結局、早月はそんな女だったのだろうか。

3

早月と付き合うようになったきっかけは、サークルの合宿だった。大学三年の春に行った、沖縄《おきなわ》の小さな離島。

合宿といってもちゃらんぽらんなお遊び旅行で、毎晩の宴会以外に縛《しば》りはなく、日中は泳いだり、ダイビングしたり、昼寝を決めこんだり、各々《おのおの》が自由な時間を過ごしていた。

早月はサークルには所属していなかったが、その旅行に参加していた。

民宿を貸しきるのに二十名以上の人数が必要で、サークルのメンバーだけでは揃《そろ》わなかったから、外からも参加者を募《つの》ったのである。

出発当日、集合場所である羽田《はねだ》空港のロビーに早月が現われたときの緊張感は、いまでも忘れられない。

キャリーバッグをカッタルそうに引きずって登場した彼女を見て、へええ、彼女も参加するんだ、と僕はのん気に胸底でつぶやいた。

しかし、四年の女子グループはあからさまに表情をこわばらせ、なかには「ホントに来たよ」と気色《けしき》ばんで早月を睨みつける者までいた。彼女たちの緊張は四年の男子へと伝播《でんぱ》し、やがて参加者全員へも伝わって、なんだか異様な雰囲気になった。

涼しい顔をしていたのは、当の早月くらいのものだ。

僕には意味がわからなかったが、旅行中耳に挟《はさ》んだ噂話の断片を繋《つな》ぎあわせると、こういう事情があったらしい。

当時のサークルの部長は岩本敬一《いわもとけいいち》という四年生で、同じ四年の秋元花世《あきもとはなよ》と付き合っていた。ふたりはサークルの中心的な人物だった。さしてまとまりのない自由な気《き》っ風《ぷ》のサークルであり、イベントにしろ作品制作にしろ、やりたい者が仲間を募ってやっている感じではあったけれど、岩本と花世は予算の配分をフェアに行ない、後輩の面倒見もよかったから、人望が厚かった。

その岩本が早月にコナをかけた。

真相は当人のみぞ知るところだろうが、岩本はかなり本気で早月に入れあげていたらしく、旅費は自分が出すからとまで言って合宿に誘ったらしい。名目は民宿を貸しきるための人数合わせだったが、おさまらないのは花世だった。岩本はあわよくばその合宿で早月をものにし、その既成事実をもって花世と別れようと画策していたらしいから、まあ、怒って当然だろう。

早月は学内で有名な女だった。

美人なうえにおしゃれだったからキャンパスでは常に目立っていたし、誰々と付き合っているとか別れたとかいう噂が絶えなかった。それも噂にすぎないのかもしれないが、早月が原因で壊《こわ》れてしまったカップルも複数あったようで、口の悪い連中には「ハカイダー」などと陰口を叩かれていたから、花世の不安も察して余りあった。

おまけに早月は空気が読めなかった。

わざと読まないようにしている節《ふし》さえあり、きわどい三角ビキニ姿で岩本に近づいていったり、しなをつくって酌《しゃく》をしたり、酒が入ればあけすけな下ネタも平気で披露したり、まさにやりたい放題。キャンパスで見かける彼女はいつもふくれっ面なのに、そのときばかりはやけに楽しそうな笑顔を振りまいていた。はしゃいでいたと言ってもいい。

花世だけではなく、参加者全員の見る眼が日に日に冷たくなっていっても、しかたがない感じだった。

「あんた、どうして人の彼氏にチョッカイ出すのよっ！」

花世の怒りが爆発したのは、最終日の宴会の席だった。真っ赤な顔で席を立ち、岩本と肩を寄せあって飲んでいた早月に近づいていった。

「あんた、わかっててやってるんでしょう？　岩本くんがわたしと付き合ってるの知ってて、わざと隣に座って、そんなふうにイチャイチャしてるんでしょ？」

「よせよ。普通に飲んでるだけじゃないか」

岩本は苦笑したが、頬《ほお》が思いきりひきつっていた。花世は眼にいっぱい涙を溜め、いまにも泣きだしてしまいそうだった。

場が凍《こお》りつくという表現は、きっとこういうときに使うのだろうと、誰もが思ったに違いない。暖かい沖縄の春の宵《よい》に、シベリアの北風が吹きこんできたようだった。賑《にぎ》やかだったおしゃべりはいっせいにとまっていた。花世は涙眼で早月を睨んでいるのに、早月は逆にニヤニヤ笑っている。その態度が花世の怒りを増幅させているのは、火を見るよりも明らかだった。

僕はといえば、当事者である三人の次に居心地の悪さを覚えていた。

視線を感じていたからだ。新倉と舞香がなにか言いたげに僕を見ていた。普段は先輩面《づら》をしている町田まで「なんとかしろよ」という顔でこっちを見ている。何人もの後輩が、すがるような、あるいは望みを託《たく》すような眼つきで、僕にチラチラと視線を投げてきている。

理由はふたつあった。

僕の学年は三年だったが、二浪しているので実年齢はサークルの中でいちばん上だったのだ。岩本や花世よりも年上だから、火中の栗を拾う役は僕を置いて他にはいない、と思われたらしい。

さらに、僕と早月は知らない間柄じゃなかった。ゼミが一緒だったので、事務的なやりとりくらいはしたことがあった。新倉や舞香が早月と友達になったのは、僕と早月が付き合いはじめてだから、まだこのときは交流がない。

つまり、岩本の次に早月と関係が近いのは僕、という立場だったのである。一位と二位の間に、かなりの差があったとしてもだ。

「……ふうっ」

僕が深い溜息をつくと、その場にいた全員から矢のような視線が飛んできた。小学校の運動会で選手宣誓をしたときより緊張しながら僕は立ちあがり、早月の席に近づいていった。

「なあ、神谷。ちょっと散歩に行こうか?」

「行きたくない」

早月がジロリと睨んできて、僕の心は折れそうになったが、負けるわけにはいかなかった。その場にいる全員が固唾《かたず》を呑んで見守っている。ここでケツをまくるくらいなら、最初から席を立たなければよかったのだ。

左手でテーブルにあった泡盛《あわもり》の四合瓶《びん》をつかみ、右手で早月の手を取った。

「いいからちょっと付き合ってくれよ。月が綺麗だから、散歩してビーチで一杯飲もうぜ」

僕の浮かべていた笑顔はきっと、ギラギラと脂《あぶら》ぎっていたことだろう。眼だけは笑わず、脅《おど》しをかけるように睨みつけていた。さらに、女らしいほっそりした早月の手を痛いくらいに握りしめてやった。早月は悲鳴をあげなかった。唇を嚙みしめ、睨み返してきたが、結局、僕の気迫に負けて立ちあがり、手を引かれるまま外に出た。背中で全員の溜息が聞こえた気がした。

海への道を引きずるようにして歩いていくと、

「なによ、お説教するつもり?」

早月は苛立った声をあげた。

「ただの散歩だよ。ビーチで一杯飲もうぜ」

僕は同じ台詞を繰り返した。爆弾娘を無事外に連れだしたはいいが、この先の展開にアイデアがあるわけではなかった。

「それとも、なにか説教されるような心当たりでもあるのかい?」

「ない」

早月は即答した。

「じゃあいいじゃないか」

「あなたに連れだされる心当たりも、手を痛くされる心当たりもないんですけど」

「そりゃ悪かった。悪い右手だ。ひっぱたいてくれてかまわない」

僕は振り返らずに歩きつづけた。あたりに人影は皆無だった。ビーチサンダルの足音がやけにうるさく夜闇に響いていた。あまり有名ではない小さな離島なので、人口も少ないし、夜に開いている飲食店もないのだ。

民宿からビーチまでは百メートルくらいなはずなのに、なかなか辿《たど》り着かなかった。手のひらから伝わってくる早月の体温が緊張を誘い、ほんの百メートルの距離が百キロにも二百キロにも感じられた。

4

夜空に輝く満月がまぶしかった。

珊瑚《さんご》が砕《くだ》けた白い砂の上に腰をおろした僕と早月は、押し黙ったまま泡盛をまわし飲みした。グラスを持ってきていないので、お互いボトルに口をつけて飲んだ。間接キスになってしまうわけだが、僕はあえて断りを入れなかったし、早月も文句を言わなかった。飲まずにいられなかったのだろう。

僕も同じだった。トラブルを回避するために高めたテンションを鎮《しず》めなければ、宿に戻っても眠れそうにない。

目の前の光景は、この世のものとは思えなかった。

夜闇の中白く輝く誰もいないビーチ、寄せては返す波の音、降りそそぐような満天の星と、流れる雲から顔を出した月が、海とふたりを照らしだす……まるで絵に描いたような南国の夜で、すぐ近くの民宿で愛憎《あいぞう》の茶番劇が繰りひろげられていたのが、嘘のような美しさだった。

頬を撫《な》でる生ぬるい風さえ、なんだかロマンチックな気がした。泡盛のもたらしてくれる酔いはトロトロと蕩《とろ》けるようで、酔うほどに目の前のリアリティのない光景に自分が同化していく錯覚を呼んだ。

しばらく黙ってボトルをやりとりしていると、ふくれっ面のトラブルメーカーに妙な親近感が湧《わ》いてきて、僕の口は軽くなった。

「おまえさあ、どうして揉《も》めるのわかってて、人の男にちょっかい出すの?」

「ちょっかい出してるのは向こうでしょ?」

早月はふんっと鼻で笑った。

「彼がどうしても合宿に来てほしいっていうから、わたしは来たわけ。だから相手するのは当然じゃない。わたし、他に知ってる人いないんだから」

「まあ、そうかもしれないけどさ……」

僕はゴロンとあお向けに横たわった。珊瑚が砕けた砂の感触が、背中に心地よかった。

頭上の夜空は歪《ゆが》んでいて、地球は丸いのだなと思った。

「来なきゃよかったじゃないか、最初から」

早月は黙っていた。

「そんなに沖縄に来たかったのか? 旅費、岩本もちだったんだろ?」

「べつに沖縄なんて……家族で何回も来たし……」

「じゃあなんで……」

「岩本さんに頼まれたから」

早月は僕の言葉を遮《さえぎ》って言った。

「彼女の独占欲が強すぎてうんざりだって。もう別れたいんだけど、切りだそうとするとはぐらかされるって。だからもう、目の前で堂々と他の女と仲良くしてわからせてやるんだって……わたしは暇《ひま》だったから、乗っただけ」

抱えた膝《ひざ》に顎《あご》を乗せ、潮騒《しおさい》を奏《かな》でる海を睨む。

「暇だったって……岩本と付き合うつもりじゃなかったのか？」

「どうだろう？」

早月は首をかしげた。

「岩本さん、全然堂々となんかしてないし、彼女はヒステリーだし、もう勘弁《かんべん》って感じかな」

「ひでえな」

僕は呆《あき》れた。

「それじゃあ完全に、ぶっ壊しに来ただけのハカイダーだ」

「ひどくないよ。だって岩本さんのほうから口説いてきたんだもん、超熱烈に」

「ものには順序があるって言ってんだよ。岩本に彼女と別れてから来いって言やあいいじゃん。最低でも陰でこっそりやれよ」

「わたしは悪くない」

夜の海を睨みながら繰り返す。

「わたしは、絶対に、悪くない」

「自分に言い聞かせてるみたいだな」

僕は笑った。

「本当はおまえ、横恋慕《よこれんぼ》を楽しんでたんだろ？　喜んで岩本と彼女の仲を引き裂こうとしてたんじゃないか？」

言いながら、不思議な感覚にとらわれていた。僕はそんな無遠慮な台詞を、女に対してズケズケ言う男ではなかったはずだ。そもそも人の恋路に首を突っこんで、意見をするようなタイプでもない。

酔っているせいだけではなかった。

なにかが起きていた。化学反応のようなものが、僕のキャラを変えていた。早月といると、いつもの自分ではない自分が現われる。

海を睨んでいた強い眼がこちらを向き、

「バレた」

　早月は笑った。月よりまぶしい、とびきりの笑顔だった。

「あんなに露骨《ろこつ》にジェラシー向けられたら、よけいに燃えるでしょ。横恋慕で燃えちゃうのって、女の本能みたいなものかな」

「なにが本能だよ……」

　僕は呆れた顔で早月を睨んだ。必死になって、笑いをこらえていた。早月の笑顔に釣られたわけではない。僕は嬉しかったのだ。ひどかろうが悪かろうが、彼女が素顔の本性を見せてくれたことが、たまらなく……。

「いったいなにがしたいんだ？」

「さあ」

　早月は笑っている。

「自分でもわかんない」

「最低だ」

「あなたに言われる筋合いはありません」

「全世界の男を代表して言う。おまえは男の敵だ」

「それは褒《ほ》め言葉よね？　全世界の男がわたしを好きっていうのと同じ意味よ」

まったく、口の減らない女だった。

「男の敵！」

「ありがとう」

「褒めてない！」

言いながら、僕は呼吸を忘れていた。月明かりに照らされた早月の横顔があまりにも艶《なま》めかしく、エロティックだったからだ。

それも女の本能だろうか？

どんなときにも男を誘ってしまう……。

「とにかく、わたしは悪くない」

早月もあお向けに横たわり、僕と並んで夜空を見上げた。栗色の髪が生ぬるい風に吹かれ、シャンプーの残り香を僕の鼻先に運んできた。

なんだか無理をしている感じだった。

どうしてだろう？

月明かりに照らされた彼女の横顔は美しく、夢のような南国の夜景に溶けこんでいるのに、同時にひどく脆弱《ぜいじゃく》で、痛々しくも見える。

「なんて言うか、おまえって……」

僕は長い溜息をつくように言った。

「自分の欲しいものが見つからなくて、手当たり次第におもちゃを引っつかんじゃ飽《あ》きてる子供みたいだ……」

「そうね……」

早月も長い溜息をつくように返した。

「どんな男と付き合っても、なんか満たされなくて、いつも苛々して、他の男に眼が行っちゃうの」

僕は黙っていた。

「二股かけてたことだってあるし、相手に彼女がいたって関係ないし……もちろん、わたしは悪くないよ。言い寄ってくるのはいつだって向こうなんだから……」

「疲れんだろ？　そういうの」

僕の言葉に、早月は息を呑んだ。唇を尖《とが》らせてて眼を泳がせた。図星を指したことは間違いなかった。

僕は肘《ひじ》を立てて上体を起こし、あお向けの早月を見下ろした。早月は視線を合わせてこなかった。僕は彼女に顔を近づけた。唇を奪《うば》った。薔薇《ばら》の花びらによく似た早月の唇は、肉厚でとても柔らかかった。

「なっ……なにするの?」

赤く染まった早月の頰に、僕は手のひらをあてた。熱かった。

「俺が変えてやろうか?」

「変えるって……なにを?」

「おまえの歪んだ性格を俺が変えてやる。ひとりの男ときっちり付き合って、満足できる女に……」

早月はポカンと口を開いて、珍しい動物でも見るような眼つきで僕を見ていた。心の底から驚いているようだった。

自分でも、なぜそんなことを言ってしまったのかよくわからない。

僕は酔っていた。

酒にではなく、月明かりに照らされた早月の美しい顔に。

そして若かった。若い人間がたいていそうであるように、根拠もなく自信満々で、努力さえすれば願いはすべて叶うものだと信じて疑っていなかった。

だから、発した言葉は嘘じゃない。

僕は本当に早月を変えてやろうと思っていた。

5

早月は青いハイビスカス柄のマキシワンピに身を包んでいた。

下半身は長い丈でふくらはぎまで隠していたが、ホルターネックなので上半身は肩も二の腕も剝《む》きだしで、抜けるように白い美肌が月明かりを浴びて艶めかしく輝いていた。

僕は裸の肩を抱き寄せた。

息のかかる距離で見つめあっていると、切れ長の眼が潤《うる》んできた。

もう一度唇を重ねた。

今度はすぐに離すつもりはなかったし、早月ももう抵抗する素振りを見せなかった。僕の首に両手をまわし、キスを深めてくる。僕より大胆に口を開き、舌を差しだし、音がたつほどからめあわせる。

アルコールの味のするキスだった。しかし、すぐに気にならなくなった。熱っぽく舌を吸いあい、唾液《だえき》と唾液を交換するほどに、早月の舌の味が伝わってきた。

甘かった。

熟しきった果実の味によく似ていた。

早月のキスは親愛の情を伝えるものでも、コミュニケーションの一環でもなく、あからさまにセックスの匂いがした。

セックスの前戯《ぜんぎ》そのものだった。舌を吸いあいながら僕の髪に指を入れ、掻《か》き毟《むし》ってきた。普段はクールな瞳をねっとりと潤ませ、眼の下を生々しいピンク色に蕩けさせていた。

僕は早月の胸のふくらみを揉みしだいた。

ホルターネックのワンピースだったので、早月はブラジャーをしていなかった。胸のふくらみを守るものは、ワンピースの内側についた脆弱なパットのみで、服の上からでも肉の感触がありありと伝わってきた。

それでも、すぐに服越しの愛撫《あいぶ》では満足できなくなり、ホルターネックをといた。ハラリとめくれた生地の下から、たわわに実った乳房が現われた。体の線が細いわりに、丸みも量感も驚くほど豊かだった。月明かりに照らされて白く輝く姿は、そこにもうひとつの月があるようだった。いや、ふたつか。先端を飾る乳首はとても赤くて、南国に咲くデイゴの花を彷彿《ほうふつ》とさせた。

「見かけによらず大胆なんだね……」

乳房を露出《ろしゅつ》された羞恥《しゅうち》に頬を染めながら、早月は唇を尖らせた。あたりに人影はなかったけれど、ここは民宿からも歩いてすぐだ。

「誰か来たらどうすんの？」

「あの女、今度は吉武をタラしこみやがったって言われるだろうな」

僕は笑わずに言い、早月の乳房を揉みしだいた。弾力があるのに柔らかく、揉めば揉むほど揉むのをやめられなくなる、不思議な魅惑に満ちた乳房だった。

「んんんっ……そうやって人の評判を落としたいわけね？」

「そうかもな。評判が落ちれば、誰も近づいてこない。俺がひとり占めにできる」

ふくらみに指を食いこませると、早月は砂の上でのけぞった。巨乳と言ってもいいサイズなのに、感度も抜群らしい。揉みこむほどに内側からしこって、先端が尖ってくる。薄闇の中に、むせかえるような赤い花を咲き誇らせる。

僕が乳首を口に含むと、早月はせつなげに眉根《まゆね》を寄せた。普段のふくれっ面が嘘のような、女らしい表情を見せた。

「こういうときは、けっこう可愛《かわい》い顔するんだな」

僕はからかうように言った。しかし、早月は言い返せない。僕の指が唾液に濡《ぬ》れた乳首をいじっていたからだ。悔《くや》しげな眼をしつつも、眉根を寄せて刺激に翻弄《ほんろう》されている。その様子が、また可愛い。

僕はもうとまれなかった。

憎まれ口ばかり叩いている性悪女に、もっと可愛い顔をさせてやりたくなった。こんな気持ちは初めてだった。僕には二十三歳なりに女性経験があった。それまで付き合った人数は三人。三人が三人とも僕を裏切って去っていったけど、付き合っていたときは好きだった。その気持ちを疑ったこともない。

早月を好きなのかと問われても、そのときの僕は、おそらく首をかしげることしかできなかっただろう。そんな気持ちを抱くことができるほど、彼女のことをよく知らなかったからだ。

けれども欲しかった。掛け値なしの自分をぶつけてみたかった。彼女の言い方に倣《なら》うなら、それが男の本能なのかもしれなかった。

「やっ……」

僕の手が下肢に伸びると、早月はさすがに焦《あせ》った顔をした。スカートをめくりあげようとする僕の手を押さえ、紅潮した顔をひきつらせた。

「冗談よね？　まさかこんなところで……」

「いや、きわめて本気だ」

僕は真顔で言いながら、スカートをめくりあげていった。すんなりと伸びた二本の美脚が、月明かりに照らされて白く輝く。

「いつから？　いつからそのつもりだったの？　手を引っ張って民宿を飛びだしてきたときから？」

早月は必死になって僕の手を押さえこもうとしている。

言われてみれば、そうかもしれなかった。僕はおせっかいが苦手な人間だ。みんなが見ている前で女を連れだすようなスタンドプレーだって、普段だったら絶対にしない。トラブルメーカーである彼女のことを、知らず知らずのうちに意識していたのかもしれない。

しかし、もうそんなことはどうでもよかった。必死に抵抗する早月の手を振り払い、スカートをさらにめくりあげていく。太腿が露わになった。気をつけをしても両脚の間に隙間ができそうな、細い太腿が見えた。

「いやっ……いやいやっ……」

早月は左右の太腿をこすりあわせて身をよじった。股間にぴっちりと食いこんだ白いショーツを見られまいとした。僕は容赦なく白いショーツに包まれた小高い丘を、情熱的にさすりあげた。

ヴィーナスの丘から指をすべり落としていくと、コットンの生地が湿っていた。見なくても、シミができているのがわかった。早月だって欲情しているのだ。

濡れたショーツに触られた早月は、悔しげに唇を噛みしめた。もうカマトトぶっていられなくなった。太腿を割って脚を開かせると、諦めたように月に向かってM字開脚を披露した。雲から顔をのぞかせた月が、白いショーツにできたシミを生々しく浮かびあがらせた。

僕は早月の細い太腿を撫でまわし、揉みしだいた。しなやかに引き締まった感触に陶然とした。すべすべの素肌もたまらない。触っているだけで動悸が乱れきっていく。

股間に食いこんだショーツに指を伸ばすと、早月は腰を跳ねあげた。僕の指先は早月の大切な部分をさらにしつこく撫でまわしていく。

じっとり湿ったコットンの下で、柔らかい肉が縦に割れているのがはっきりわかった。その奥から妖《あや》しい熱気が伝わってきた。

南国の生ぬるい風が吹き抜けていく。

僕は大胆に責めることにした。野外だからといってチマチマ、コソコソしたセックスをしたら、早月に足もとを見られそうだと思ったからだ。

ショーツを脱がしにかかった。

早月は「やっ……」と声をもらし、恥ずかしそうに細面の顔を赤くしたけれど、僕はかまわず、薄布をめくってヒップを剝《む》きだしにしていく。

くしゅくしゅに丸まったショーツを足首から抜くと、すかさず早月の足のほうに移動した。脱がすためにまっすぐに伸ばした彼女の両脚を、再びM字に割りひろげた。もちろん、クンニリングスを行なうためだ。

早月は驚いたようだったが、僕はかまわずM字開脚の中心に顔を近づけていった。不意に強く吹いた風が、月を分厚い雲に隠した。まるで早月に味方するように、彼女の恥ずかしい部分を闇に溶かした。

僕は狼狽《うろた》えなかった。視覚が覚束《おぼつか》なくなったぶん、嗅覚が敏感になった。早月の放つ野生の匂いに、獣の牡《オス》の本能が揺さぶられていた。

舐めあげると、早月は喉を絞って悶《もだ》え声をあげた。僕は舐めた。真っ暗闇の中にもかかわらず、匂いのおかげで的をはずすことはなかった。くにゃくにゃした花びらの合わせ目を舐めあげていくと、左右に開いていくのがわかった。奥から熱い粘液がしとどにあふれだしてきて、舌にからみついてくる。みるみるうちに、したたるほどに濡れてくる。

夜闇に響く早月の声はどんどん切迫していき、耳から僕の興奮を揺さぶってきた。僕は舐めた。顔ごと股間に押しつけるようにして割れ目に口づけをし、舌を躍《おど》らせた。花びらを口に含んでしゃぶりあげた。

強い風が吹き、月にかかった分厚い雲がすうっと晴れていく。

「ああっ、いやあっ……」

回復した視界の中で、早月の顔が凍りついていた。暗闇の中だと思って安心していたら、あられもなく両脚をひろげられた格好で月明かりに照らされたのだ。さすがの性悪女も、羞《は》じらわずにはいられなかったらしい。

僕は瞬きも呼吸も忘れて、早月の恥ずかしい部分を凝視した。

アーモンドピンクの花びらが、月明かりを浴びてぬらぬらと濡れ光っていた。呆れるほどの濡れ方だった。おまけに濃密に生《お》い茂った逆三角形の陰毛が、興奮を示すように逆立っている。肉の合わせ目では珊瑚色のクリトリスが、物欲しげに包皮から顔を出していた。

獣じみた光景だった。

南国の夜の浜辺に似つかわしい、美しくも淫らな、肉食系の女性器だった。

僕は頭の中に火がついたように興奮し、再びそれにむしゃぶりついた。白い砂浜に這いつくばって舐めた。あとからあとからあふれてくる蜜《みつ》を啜《すす》りあげては、クリトリスを舌先で突つきまわした。

早月は腰を反《そ》らせて悶えに悶えた。次第に押し殺しきれなくなっていく歓喜の悲鳴が、寄せては返す波の音と淫らがましく重なりあった。

6

僕は取り憑かれたように早月の両脚の間を舐めていた。

動かしすぎた舌が痺《しび》れ、顎の付け根が痛くなってもまだやめなかったのだから、そうとしか言いようがない。

「ああっ、ダメッ……」

早月が激しく身をよじり、僕の顔を細い太腿でぎゅっと挟んだ。

「ダメダメダメッ……そ、そんなにしたらイッちゃうよっ……」

その言葉が、僕に正気を取り戻させた。どうせイカせるなら、舐めながらではないほうがいい。そう思って、口を離した。顔を太腿に挟まれたまま、欲情で顔をくしゃくしゃにしている早月と視線をぶつけあった。

「ずるいよ、わたしばっかり……」

早月が手を伸ばしてきて僕のTシャツをつかむ。

「最後まで、したいんでしょ?」

僕はうなずいた。

「じゃあ、これ脱いで。上だけじゃなくて下も……全部脱いで裸になって」

「ああ」

僕はうなずいて、早月の両脚の間から抜けだした。汗でじっとり濡れたTシャツを脱ぎ、立ちあがってジーパンとブリーフも脚から抜いた。

早月がハアハアと息をはずませながら、勃起《ぼっき》しきった僕のペニスを見る。

長々と続いたクンニリングスで細面の美貌は真っ赤に紅潮していたが、眼つきに挑むような雰囲気が戻ってくる。

「どういうふうにするの?」

「どういうふうにって……」

僕は早月の恥ずかしいところを舐めるのに夢中で、体位のことなど少しも考えていなかった。しかし、普通に考えれば正常位だろう。都合よく、早月の着けているのはマキシワンピだった。スカートの部分が長いから、それをシート代わりにすれば、結合部が砂にまみれることもない。

「わたし、あそこでしてみたい」

早月はそう言って海を指差した。月光が波を照らしている。

「海の中でどうやってすんだよ?」

僕は唖然《あぜん》として苦笑した。

「そうじゃなくて、波打ち際。バックですればできるでしょう？　なんだかアダムとエヴァみたいじゃない？」

「アダムとエヴァって……」

ますます唖然とするばかりの僕を尻目に、早月は立ちあがってマキシワンピをすっかり脱いでしまった。全裸になって僕の手を取った。

「さっき言ったよね？　みんなに見つかってもいいって言ったよね？　性悪女に食べられちゃったって思われても平気なんでしょ？」

偽悪的に唇を歪ませる早月を見て、ははーんと僕は理解した。

早月の言っているのは、こういうことだ。

いま僕たちがいる場所は浜辺の奥まったところで、背後には防風林もあるし、砂浜の高低差もあるから、人が来ても見つかりにくい。しかし、波打ち際でバックとなれば、隠れるところは海の中くらいしかないのだ。月明かりに照らされて動物さながらに盛《さか》っている姿を、無防備にさらしてしまうことになる。

そういうところでわたしを抱けるのか、と早月は挑発しているのだ。試していると言ってもいいかもしれない。クンニリングスで翻弄されすぎたリベンジのつもりもあったのだろう。

「なかなか刺激的なアイデアじゃないか」

僕は余裕の笑みを取り繕《つくろ》って早月の手を引き、波打ち際に向かって歩きだした。普段なら、絶対にそんなことはしなかっただろう。僕は興奮しすぎていた。野外で全裸になるという馬鹿げたことをしているにもかかわらず、ペニスは隆々《りゅうりゅう》とそそり勃《た》っていた。生ぬるい夜風を浴びてむしろますます硬く反り返らせるほどに、熱狂の最中にいた。

女が言いだしたチキンレースに尻込みすることなんてできなかった。

僕は早月の前で、男でいたかった。早月は僕の中の男を挑発してきた。草食系男子の時代に似つかわしくない、荒ぶる魂《たましい》をもった男らしい男——早月が求めているのはそれだった。だから僕も獣の牡として挑みかかり、彼女の心と体を手なずけたくてしようがなくなったのだ。

「おい、脚が震えてるぜ」

「そっちこそ」

僕たちは憎まれ口を叩きあいながら海に向かって進んでいった。公平に見て、どちらの脚も震えていた。ガチガチに緊張して、身がすくんでいた。当たり前だ。人としてもっとも恥ずかしい場面を見られてしまうかもしれないのに、身がすくまないなんてどうかしている。

それでも僕のペニスは隆起を保ち、月明かりを浴びて不気味に黒光りしていた。このときほど、自分のペニスを頼もしく思ったことはない。体中が震えあがっているのにペニスだけは狂おしいほどに硬くなり、一足前に進むごとに湿った音をたてて臍《へそ》を叩いてきた。

波は穏やかだった。

遠眼にはもう少し波がありそうだったのに、僕たちを迎え入れるように凪《な》いで、月明かりを浴びた水面《みなも》が鏡のように輝いていた。

意地悪な海だ。

どうあってもここで、僕と早月を盛らせたいらしい。

パシャッと浅瀬で水を蹴ると、僕たちは向かいあって抱擁《ほうよう》を交わした。

唇を重ねあった。

足にかかる海水は思ったほど冷たくなかったけれど、体の震えがとまらなかった。

舌をからめあいながら、早月は僕の股間に手を伸ばしてきた。そそり勃った男根を、手のひらに包んだ。

「……立派ね」

男の器官を握りしめながら、嚙みしめるように言う。

「こんな状況でこんなに硬くなってるなんて……好きになっちゃいそう」

「もうなってるんじゃないか？」

僕たちは笑っていなかった。息を呑んだまま見つめあっていた。波打ち際に立つと、夜空の丸さがなおさら強く実感できた。

僕には早月の瞳の深さも、長い睫毛《まつげ》の一本一本も、ひきつった頬の筋肉の動きまではっきりと見えていた。つまり、月明かりは最高潮だった。ますます光が冴《さ》え渡ってきたと言ってもいい。分厚い雲が月にかかり、暗闇で身を隠せるかもしれないという最後の望みまで、どうやら断たれたようだった。

「早くちょうだいよ」

早月が震える声でささやく。ささやきながら、硬くみなぎったペニスをしごく。

「わたし、もう我慢できない」

「じゃあ……」

四《よ》つん這《ば》いになれ、と僕は眼顔でうながした。早月がうなずいて、ペニスから手を離す。しゃがみこんで濡れた砂浜に膝をつき、犬のような四つん這いになる。丸みを帯びたヒップを突きだされると、僕はごくりと生唾《なまつば》を呑みこまなければならなかった。

この世のものとは思えないほどエロティックな女体がそこにあった。

くびれた腰からヒップへ流れるカーブが悩殺的すぎた。獣じみたポーズが背徳的と言っていいほどいやらしかった。絵に描いたような南の島の夜の景色が、その瞬間、劇的に変わった。早月が放つ生々しい女の色香に塗りつぶされ、男と女が愛しあうためのステージになった。

僕も波の打ち寄せる砂浜に膝をつき、早月の尻に腰を寄せた。

心臓が怖いくらいに高鳴って、息が苦しかった。男根を握りしめると、熱い脈動を刻んでいた。まるで血に飢えた大蛇のように……。

「いくぞ」

切っ先を桃割れの間にあてがっていくと、ぬるりとこすれた。僕が歩きながらペニスをますます硬くしたように、早月も熱い粘液をたっぷりと漏らしていたらしい。

「早く……」

早月が尻を振る。

「早くちょうだい……」

胸を締めつけるほど、せつなげな声だった。

僕は腰を前に送りだした。はちきれんばかりにみなぎった男根を、むりむりと押しこんでいった。早月の中は、奥の奥まで濡れていた。びしょ濡れの肉ひだがカリのくびれにからみつき、奥へ奥へと引きずりこんでいった。

早月が悶える。細い太腿を震わせて挿入の衝撃に耐《た》えている。

ずんっ、といちばん奥まで突きあげると、腰を反らせて甲高い悲鳴をあげた。僕はその腰を両手でがっちり捕まえ、大きく息を呑んだ。

とうとうひとつになってしまった。

しばらくの間、動かずにいようと思った。結合の実感を噛みしめたかったし、こんなシチュエーションでセックスすることなんて二度とあるかどうかわからない。冴え渡る月も、膝にかかる波も、地球の丸さを体感させる夜空も、隅々《すみずみ》まで記憶しておきたかった。

けれども、僕の腰は動きだしてしまう。動かずにはいられなかった。男根に吸いついてくる濡れた肉ひだの快感がそうさせた。びしょ濡れと言っていい状態なのにすさまじい吸引力で締めつけてきて、じっとしていることを許してくれなかった。

勃起しきった男根を入れては出した。そのたびに、吸着力は強くなっていった。からみついてくる肉ひだを振りきるように僕はピッチをあげていった。パンパンッ、パンパンッ、と桃のような尻を打ち鳴らして、渾身《こんしん》のストロークを送りこんでいく。

早月の呼吸も一足飛びに切迫していく。声を出さないように必死に悲鳴だけは噛み殺しているものの、それももはや風前の灯火《ともしび》だ。

パンパンッ、パンパンッ、と突きあげるほどに、白い裸身を激しくくねらせた。両手の指を砂に突き立て、なにかをこらえるように掻き毟った。ちぎれんばかりに首を振っては、月光を浴びて黄金色に輝く髪を振り乱した。

「いいか？　気持ちいいか？」

僕は早月の腰をつかんでいた両手を胸元にすべらせた。タプタプ揺れている双乳をつかみ、欲情にまかせて揉みしだいた。

上体を起こし、振り返った早月の顔は、いまにも泣きだしそうだった。眉間《みけん》に縦皺《たてじわ》を寄せ、細めた眼に涙をいっぱいにためて、何度も何度もうなずいた。

「俺もだよ」

と言ってやりたかったが、早月の唇が僕の唇を塞《ふさ》いだ。お互いむさぼるように口を吸いあった。そうしつつ腰を振りあった。早月が腰をグラインドさせ、僕が力強く男根を抜き差しする。肉と肉とをこすりあわせるほどに、男根は鋼鉄のように硬くなり、早月の食い締めは強くなった。僕はキスをして腰を振りながら、乳房を揉んだ。いやらしく尖った乳首をつまみ、さらに鋭く尖らせた。

もっと触りたかった。

性器を繋げているのに、まだ足りない。

もっと愛撫したい。

もっと愛したい。

舌をしゃぶりあいながら、眩暈《めまい》にも似た陶酔《とうすい》が訪れる。自分が獣である実感がたしかにある。そして、尻を振ってよがっている早月もまた、獣だった。そのことが、たまらなく心地いい。身も心も解放されていく。

「んんっ……悪い……そろそろ……」

僕はキスをといて、苦悶に顔を歪ませた。射精欲が耐え難《がた》い勢いでこみあげ、体の芯《しん》を疼《うず》かせていた。

「そろそろ出そうだ……」

「飲んであげるよ」

早月は蕩けきった瞳で言った。

「飲んであげるから、口に出して」

僕はうなずいて、乳房を揉んでいた両手を腰に戻した。ずいぶん大胆なことを言う女だと思ったが、かまっていられなかった。パンパンッ、パンパンッ、と連打を放った。首をひねっていられなくなった早月が、再び暗い海と向きあってひいひいと喉を絞る。

僕はフルピッチで早月を突きあげながら、一抹《いちまつ》の不安を覚えていた。考えてみれば、膣《ちつ》外射《がい》精を女の口にしたことなどなかった。うまくできるのだろうかという不安と、そんなことしていいのだろうかという早月に対する気遣いが、胸の中で交錯していく。

悩んでいる暇はなかった。

限界はもうすぐそこだった。

男根はすでに自分のものとは思えないほど野太くみなぎって、一往復するたびに身をよじるような快感が訪れる。芯に甘い疼きを感じる。爆発の予感に全身がこわばっていく。

顔の表面がカアッと熱くなり、頭の中が真っ白になった。もう一度突きあげれば爆発する、というタイミングで腰を引いた。

ペニスを抜くと、体の内側に悪寒《おかん》が走った。やるせなさに涙が出てきそうだった。早月が四つん這いのまま振り返った。僕の腰にむしゃぶりつき、お互いの体液でドロドロになったペニスを口に含んだ。

僕はすがりつくように、早月の頭を両手でつかんだ。全身が怖いぐらいに震えていた。早月がペニスを吸いたててくる。こらえきれず眼をつぶると、瞼《まぶた》の奥で熱い歓喜の涙があふれてきた。

「おおおううっ！」

雄叫《おたけ》びをあげて腰を反らせた。煮えたぎる欲望のエキスを吐きだした。尿道が灼《や》けつくような衝撃が訪れ、僕は突き動かされるように腰を振りたてた。早月の顔を暴れるペニスで貫いた。

早月が鼻奥で悶絶《もんぜつ》する声が耳に届いていたけれど、やめられなかった。体が勝手に動いていたし、僕は歓喜の涙まで流していたのだ。取り繕うことなどできる状態ではなかった。ただ痺れるような快感に身をよじり、あとからあとからこみあげてくる男の精を、早月の口に吐きだすことしかできなかった。

最後の一滴まで漏らしおえると、魂が抜けたような状態になった。もう少しで、その場に崩《くず》れ落ちてしまいそうだった。波の来ないところまでなんとか這っていき、白い砂浜の上に大の字で体を投げだした。

沖縄の夜空は相変わらず丸く歪んでいた。東京から千六百キロ。生まれ育った街からずいぶん離れたところで、めくるめく性の深淵《しんえん》をのぞきこんでしまったことになる。童貞を失ったときにも負けないような、大人の男に生まれ変わった生々しい実感が、全身を満たしていた。

隣で早月が同じように大の字になっていた。

お互い呼吸を整えるのに必死だった。

抱き寄せてやりたかったけれど、そこまで気力と体力が回復するまで、五分や十分はかかりそうだったし、実際にかかった。

不意に早月に手を握られた。

僕も握り返した。

素晴らしいタイミングだった。ちょうどそんなことをしたい欲望が、胸に芽生えたところだった。

首を倒して、早月を見た。

早月もこちらを見ていた。

「わたし……なんだか……生まれ変わった気分だよ……」

白濁した粘液にまみれた口で、早月は満足げに笑った。

そうだ。

俺もいまそう思っていたんだ、と言いたかったが声が出ない。

早月は笑っている。

息をはずませながら、僕も笑った。

呼吸が苦しいのに、腹の底から笑いがこみあげてきた。

他にも伝えたいことがあった。

早月のことが愛おしくてたまらなかった。

第五章　重いやさしさ

1

「……っ!」

僕は眼を覚ました。

珊瑚《さんご》が砕《くだ》けた白い砂浜ではなく、買ったばかりの広々としたダブルベッドにひとりで寝ていた。もちろん裸でもなかったが、パジャマも着ていなかった。昨日、スーツを脱いだだけでベッドにもぐりこんだのだ。

早月の夢を見ていた。

長い夢だった。うんざりするほど……。

新宿ゴールデン街で大学時代の先輩である町田に会い、早月のことを思いだした。何軒かひとりではしごしながら、延々《えんえん》と早月のことを考えていた。どうやって帰ってきたのかも覚えていないから、どこまでが自分で思いだしていたことで、どこからが夢なのかはわからない。

とにかく、ゆうべはずっと、早月の思い出に頭を支配されていた。出会いから、会話から、抱き心地まで生々しく反芻《はんすう》して……。

「……大丈夫？」

梨子がドアを開け、恐るおそる部屋に入ってくる。

「昨夜、すごい酔って帰ってきたのよ。まっすぐ歩けないくらい」

「ああ、ごめん……」

僕は苦笑して梨子から眼をそらした。梨子はいつものように、ピンクに白い水玉のエプロンを着けていた。いつもどおりに可愛《かわい》かった。しかし、可愛さがまぶしくて眼をそらしたわけではない。夢に見ていた早月とのセックスがまだ色濃く脳裏《のうり》に残っていて、気まずかったからだ。

「朝ごはん食べられそう？」

梨子が上目遣《づか》いで訊《たず》ねてくる。

「甘いものはさすがにって思って、リゾットつくったけど」

開けたドアの隙間から、料理の匂いが漂《ただよ》ってきた。

「ごめん……」

僕は顔をしかめてつぶやいた。

「悪いけど、まだ飯が喉《のど》に通りそうにない。こりゃあ、今世紀最大の宿酔《ふつかよ》いだ……」

「そう」

梨子は哀《かな》しげに長い睫毛《まつげ》を伏せた。

「じゃあ、もう少し寝てる?」

「いや、シャワー浴びて出かけるよ……」

僕は上体を起こしてベッドに腰かけ、梨子に手を伸ばした。梨子が小首をかしげながら近づいてくる。僕はその体を抱きしめた。綿菓子《わたがし》みたいに、ふわふわした抱き心地がした。

「……どうしたの?」

梨子は僕の顔を間近で見て、眉《まゆ》をひそめた。

「会社で嫌なことでもあった? あんなに酔って帰ってくるなんて……」

「心配ないさ」

僕はまぶしげに眼を細めた。アーモンド型の眼も、長い睫毛も、ふっくらした白い頬《ほお》も、間近で見るとまるでフランス人形のようだ。

「キスしてくれ」

僕の言葉にアーモンド型の眼が丸くなった。

「おめざの代わりの甘いキス」

「克彦さん、お酒くさいよ」

「キスするの嫌《いや》？」

梨子はやさしく微笑《ほほえ》んで首を横に振った。はにかむ笑顔が、食べてしまいたくなるほど可愛らしい。うっとり見とれていると、梨子はチュッと素敵なキスを与えてくれた。

「サンキュー」

僕は梨子を抱きしめた。

「これで今日も一日頑張れそうだ……」

耳元でささやくと、梨子は僕の肩に顔をこすりつけてきた。梨子お得意の、甘える仕草だ。僕は抱擁《ほうよう》を強めた。宿酔いでなければ、そのまま押し倒してひとつになりたかった。

2

梨子には見栄を張ってしまったけれど、会社に向かう僕の足取りは重かった。

僕たちが暮らしているマンションは高台にあり、駅までの道はだらだらと続く下り坂だ。その途中に、ウエディングドレスを専門に扱う小さなブティックがあって、僕はその店のショーウインドウを眺めるのを日課にしていた。もちろん、梨子が晴れの結婚式で着飾った姿を想像するためだが、その日ばかりは朝日を浴びてまばゆく輝く純白のドレスを眼にしても、溜息《ためいき》しかもれなかった。

梨子の神通力《じんつうりき》もここまでか……。

昨日、スタッフとの関係をこじらせたまま会議を放りだしてきたのだから、足取りも気分も重いに決まっている。

今日はこれから、その後始末をしなければならない。気分はまるで、敗戦処理のピッチャーだった。

いや、ピッチャーならとにかくマウンドにあがって投げればいい。僕はこの先どうしていいかわからなかった。失言を詫《わ》びるのはいいとして、彼らの考える方向で新店舗のプロジェクトを進めるなら、協力したくない。しかし、協力しないわけにもいかないだろう。

プラットホームのベンチに腰をおろすと、出社拒否したい気分だけが強まっていき、乗るべき電車を二本、三本と見送った。

「いっそ辞《や》めちまうか、あんな会社……」

深い溜息とともに独《ひと》りごちる。

とはいえ、僕には楽に転職できるほどのキャリアはないし、いまの会社では二代目候補としてそれなりに厚い待遇も受けている。会社を辞めれば、梨子との結婚話も暗礁《あんしょう》に乗り上げるに違いない。それでも、スタッフ連合の腰砕けのプランを受け入れ、頭をさげてそれに与《くみ》する屈辱《くつじょく》を考えると、会社に行く気がどんどん失せていく。

会社を辞めて資格を取る勉強でもするか？

それともいっそ、海外にでも留学してしまうか？

「吉武くんはいつもそうね……」

どこからか聞き覚えのある声が聞こえてきた。

「お坊ちゃん育ちだから、余裕のあるふりしてても、いざとなったらすぐキレる……」

早月の声だった。

「わたしのことだって『俺が変えてやる』なんて大見得《おおみえ》切ったくせに、ちょっと浮気したら捨てたもん。変える努力なんてちっともしてくれなかったもん。嘘つきっ！」

「なっ……」

僕は血相を変えて立ちあがり、あたりを見渡した。出社や登校を急ぐ人混みの中に、早月の姿はなかった。

幻聴というやつだろうか？

それとも今朝見た夢の続きか？

満員電車から吐きだされた乗客にぶつかられながら、僕は唇を噛みしめた。マグマのような怒りがこみあげてきた。

幻聴であろうが夢であろうが、いまの早月の言葉が間違っていなかったからだ。

人間、図星を指されたときほど腹が立ち、頭にきて、怒り狂うものだ。そんなことが理解できないほど、僕はもう子供ではなかった。怒りの矢印はそのまま、宿酔いでむかむかしている自分の胸を深くえぐった。

3

内装デザイナーの寺島が構えているオフィスは、飯田橋《いいだばし》にあった。

建物は古い雑居ビルだが、二十坪ほどのワンフロアをすべて使い、スタッフも五、六人雇っているようだから、それなりに景気はいいらしい。

僕は会社に向かわず寺島のオフィスに直行した。ノックをして入っていくと、ソファで新聞を読んでいた寺島は、幽霊を見るような眼で僕を見た。

「おや、克彦くん……」

新聞を畳み、苦く笑う。

「どうしたんだい？　打ち合わせなら僕がそっちに行ったのに、こんなむさ苦しいところにわざわざ……」

たしかにむさ苦しいところだった。足もとの塩ビタイルは埃《ほこり》まみれで真っ白だったけれど、僕はその場に膝《ひざ》をつき、土下座した。

「昨日は大変申し訳ございませんでした。若造の分際で生意気でした。暴言、失言の数々、どうかお許しください」

「おいおい……」

額《ひたい》を床にこすりつけて謝罪する僕に、寺島もさすがに驚いたようだった。

「昨日まで喧嘩腰《けんかごし》だったのに、いったいどういう心境の変化なんだ？　キミにそんなふうに謝られるなんて、夢にも思ってなかったよ。顔をあげなさい」

「申し訳ございませんでしたっ！」

僕が顔をあげなかったので、

「まいったな……」

寺島は深い溜息をついた。

「実は昨日、親父さんと少し飲んだんだ。心配してたぞ。好きなようにやってみろと言ったものの、キミが暴走しちまうんじゃないかってね。安心してくださいって言っておいたよ。ジャングルだのなんだの、いささか飛躍しすぎのことを言ってたから、僕がきっちり軌道修正しておいたってね。この仕事を無事に終えられたら、克彦くんも男としてひと皮剝《む》けるはずだって……」

スタッフをまとめて懐柔《かいじゅう》したと思ったら、今度は親父に根まわしかと思うと、はらわたが煮えくりかえったが、ここでキレたら昨日と同じだ。

「まあ、とにかく土下座はもういいから、こっちに座りなさい。おーい、お茶持ってきてくれ」

「今後の話をさせていただいてよろしいですか?」

僕はまだ埃だらけの床に両手をついていた。

「ああ、そうだな。オープンの期日も迫ってる。急ピッチで作業せにゃあならん。キミには小綺麗なやっつけ仕事なんて馬鹿《ばか》にされたが、なーに、やってみれば骨が折れるもんだってすぐに気づくはずだよ。店をひとつオープンさせるのはね」

「その件ですが……」

僕は射《い》るような視線を寺島に向けた。

「僕は店のコンセプトを〈爆弾酒場〉でいくつもりです。店の中にジャングルをつくってもらいます。それについてじっくり話しあわせてください」

「……なんだって？」

ホクホク顔だった寺島の頬がこわばった。

僕はソファに座り直して、自分の企画書をひろげた。タフにならなければならなかった。相手が音をあげるまで、しぶとく粘《ねば》り強く交渉するのだ。このままでは僕は、いつも大事なことを肝心なところで放りだすダメな男になってしまう。

4

家に帰れない日々が続いた。

内装デザイナーの寺島を皮切りに、工事の現場責任者、クロスや食器のコーディネイター、フロアマネージャー、調理場のチーフなど、僕はメインスタッフを一人ひとり訪ねて歩き、膝詰めで説得にかかった。

もちろん、誰も簡単には首を縦に振ってくれなかったし、面会すら拒《こば》まれることもあったが、時間ができるまで何時間でも待つと居座り、移動の途中だけでも話を聞いてほしいと食らいついた。突破口が開けそうな会話ができれば、それを反映させた企画書を会社に泊まりこんで練《ね》りあげた。

スタッフの過半数を説得でき、残りも渋々《しぶしぶ》僕のプランに従ってくれるような雰囲気《ふんいき》になるまで、要した時間は一週間。それ以上かかれば店をオープンする期日を先送りせねばならず、そうなると下請《したう》け会社は入金が遅れてしまうので、僕の粘りに根負けした格好だった。

粘り勝った僕は、けれども手放しでは喜べなかった。

自分の意見を強引に通したからには、失敗は許されなかった。そうなると、自分のアイデアに疑問も出た。不利な立地条件を乗り越えられるかどうか不安になった。不安を解消するためには、リスクヘッジをするしかない。新しいタイプの店をつくるなら、宣伝も必要だろう。インターネットをはじめ、雑誌や新聞でもとりあげてもらいたい。隠れ家的な店の性格を考えるとテレビは微妙だが、動員力はあなどれない。口コミも重要だ。イベント好きの大学生に、あらかじめ情報を流しておこうか。

「……ただいま」

午後十一時に自宅マンションに戻ると、梨子はソファで寝ていた。いつものエプロンはしておらず、部屋着のスエットスーツだった。テレビがつけっぱなしなので、観ながら眠りに落ちてしまったのだろう。

「……あっ、おかえりなさい」

僕の気配に気づき、あわてて起きあがった顔には、軽い驚きがうかがえた。この一週間、終電前に帰宅したことなどなかったからだ。

「ごめんなさい。今日も遅いと思って、先にごはんすませちゃった。なにかつくる？」

申し訳なさそうに両手を胸の前で合わせる。

「いや、大丈夫……」

僕は疲れきっていて、素《そ》っ気《け》なく答えた。せっかく一緒に暮らしはじめたばかりなのに、ほとんど家に帰れなくて申し訳ない――気持ちではそう思っていても、やさしい言葉をかけてやれない。

頭の中は〈爆弾酒場〉でいっぱいだった。自宅に帰ったら頭をプライベートに切り換えたほうがいいとわかっていても、そんな器用なことは僕には無理で、梨子と口をきくことが億劫《おっくう》だった。

ひどい言い方だが、梨子のソプラノボイスを聞くことさえ苦痛だった。日に日に甘い雰囲気に飾られていくリビングを見ると苛々《いらいら》した。もちろん、彼女のことを嫌いになったわけではない。好きだからそんな感情をもつのだ。気持ちを梨子にもっていかれたくないのである。

この仕事を成功させることがふたりの未来を明るくするのだから、少し冷たくしても許してほしいと心の中で謝りながら、そそくさとバスルームに向かった。

風呂から出ると、ベッドに直行だ。

しかし、眼を閉じても眠れなかった。ぬるい湯にのんびり浸かったので体の疲れはかなりとれたが、神経が高ぶりすぎている。仕事のことが気になって、眠りに落ちることができない。

酒でも飲もうかと体を起こしかけると、ドアが開いた。

「んっ？　どうかしたかい？」

僕はスタンドの灯りをつけた。ダークオレンジの間接照明が、気まずげに立ちすくんだ梨子を照らしだす。白いシルクのパジャマを着ている。

「わたしも一緒に寝ていい？」

「えっ？　ああ……」

僕は微笑を浮かべてうなずいたが、胸底で舌打ちしなければならなかった。酒が飲みたかったのに、梨子と入れ替わりに寝室を出て行っては、いくらなんでもバツが悪すぎる。

「マッサージしてあげましょうか？」

梨子がベッドに腰をおろして言った。ささやくような小さな声で。

「えっ？　いいよ、そんな……」

僕は戸惑《とまど》って苦笑した。そんなことを梨子に言われたのは初めてだった。

「遠慮しないでやらせて。わたし、子供のころからお父さんにマッサージしてたから、けっこううまいのよ」

両手の親指を立てて指圧の仕草をする。梨子がすると指圧ではなく、アイドル歌手の振りつけのようだった。

「じゃあ……お願いするか……」

僕はしかたなくうなずいた。梨子の思いやりが重かったけれど、無下《むげ》に断るのも申し訳ないし、マッサージなら会話をしないで寝たふりをしていればいい。

「じゃあ、うつぶせになってください」

梨子にうながされ、体を反転させた。梨子が背中にまたがってくる。お尻の重みと肉づきのいい太腿《ふともも》の感触が、思った以上に心地よかった。

「んしょっ……んしょ……」

梨子は軽く声を出しながら、僕の肩を揉《も》み、腰を押した。

父親によくマッサージしていたというのは嘘だろうと、すぐにわかった。梨子の指使いはぎこちなく、ツボを探りあてるのもうまくない。力だって弱い。

それなのに、不思議なくらい全身の凝《こ》りがほぐれていく。

技術はなくても、気持ちがこもっているからだろうか。十分も揉まれていると、僕の体は心地よく弛緩《しかん》していった。

しかし……。

体の凝りがほぐれても、心の凝りまではなかなかほぐれてくれなかった。むしろ、嫌な感じにこわばっていった。自己嫌悪に陥《おちい》りそうな不快な想念ばかりが、あとからあとから沸々《ふつふつ》とこみあげてくる。

鬱陶《うっとう》しかった。

梨子は僕の知る限りかなりの淋しがり屋で、かまってちゃんだ。そんな彼女を放置しているのに、返ってきたのはやさしさだった。

もう少しわたしの相手もして、やさしい言葉のひとつくらいかけて——そう怒ってもいいくらいなのに、疲れた僕を気遣《きづか》って、健気《けなげ》にマッサージ。ぎこちない指使いで、身も心も癒《いや》してくれようとしている。

本当だろうか？

この世にこれほど都合のいい女がいるのだろうかと思ってしまう僕は、人としてなにかが欠落した性格破綻者《はたんしゃ》なのかもしれない。

梨子の本性が見えなかった。

赤裸々《せきらら》な本音が伝わってこない。

いや、わかっている。梨子が求めているのは純白の花嫁衣装だ。幸せな結婚と幸福な家庭だ。そのために言いたいことも我慢して、僕に気を遣ってくれているに決まっている。

しかし、それではなんだか、就職活動のように恋愛をしているみたいではないか。永久就職先の相手に嫌われないように、必死に取り繕《つくろ》って……。

僕は内心で深い溜息をついた。

そんなことを考えてしまうのは、きっと心身ともに疲れきっているからだろう。そうに違いない。試合前のボクサーのように、疲労とストレスとプレッシャーのピークなのだ。

僕はいままで、一度だって梨子の愛を疑ったことなどなかったのだから……。

このまま眠りに落ちてしまいたかった。

ぐっすり眠って疲れをとれば、明日の朝には梨子にやさしくすることだってできるはずだと思った。

しかし、梨子の心づくしのマッサージにより体がリラックスしたことで、思ってもみないことが起こった。

自分でも驚くべき事態だったが、欲望が疼《うず》きだしたのだ。背中に感じるヒップと太腿の感触が、体の内側をざわめかせ、血液が下半身に集中していった。気がつけば痛いくらいに勃起《ぼっき》して、うつぶせで寝ていることがつらくなっていた。膨張《ぼうちょう》したペニスがベッドに押しつけられることで、よけいに硬くなっていく。

「はい。じゃあ今度はあお向けになってください」

梨子が僕の体を反転させ、

「あっ……」

盛大に盛りあがったパジャマのズボンを見て、唇を丸く開いた。

「気にしないでくれよ」

僕は必死に平静を装《よそお》った。

「疲れマラっていうんだ。べつにいやらしい気分になったわけじゃなくて、男は極端に疲れているとこうなっちゃうことがあるんだ」

もちろん、いやらしい気分にはなっていたけれど、梨子を抱く気にはなれなかった。射精がしたいがための自分勝手なセックスは、事後に気分がざらつくものだし、そもそも女の子に対して失礼だ。メイクラブと呼べるような情熱的なセックスを求めるなら、心身ともに余裕があるときにあらためてしたほうがいい。

「でも……」

梨子が眉根《まゆね》を寄せた困惑顔《こんわく》で言った。

「男の人って、こういう状態になるとものすごく苦しいんでしょう？」

僕が言葉に詰まったのは、梨子の小さな手指が股間の隆起《りゅうき》に触れたからだ。手つきはぎこちなかったが、罪のない顔でパジャマの上から勃起しきったペニスを撫《な》でてくる。

「ねえ、克彦さん……正直に答えて……苦しい？　出したい？」

「だ、出したいって……それは……」

僕は混乱した。梨子はいったい、なにがしたいのだろう？　小さな手指は股間の隆起から動かず、刻一刻《こくいっこく》と撫でさすり方が熱っぽくなっていく。

「お口でしてあげましょうか？」

梨子はねっとりと潤《うる》んだ眼を細めた。

「克彦さん、疲れてるからエッチはしたくないんだよね？　それはわかるから……わたしはべつにいいから……克彦さんだけ、出して楽になって……」

「おい……」

とめる間もなく、梨子は僕のパジャマのズボンをブリーフごとずりさげた。剝きだしにされた男根が唸《うな》りをあげて反《そ》り返り、鬼の形相《ぎょうそう》で天井を睨《にら》みつける。勃起しすぎて、釣っりあげられたばかりの魚のように跳《は》ねている。

暴れるペニスをあやすように、梨子は根元にそっと指を添えた。まなじりを決して、おずおずとしごいてきた。

心にわだかまりがあっても、僕の体は敏感に反応してしまった。

それ以上に心の動揺が激しかった。胸を突き破りそうな勢いで、心臓が早鐘《はやがね》を打っていた。

梨子はオーラルセックスが苦手なはずだった。一度だけクンニリングスをさせてもらったことはあるが、フェラチオはまだない。にもかかわらず、四《よ》つん這《ば》いになってペニスに顔を近づけてくる。

それだけで、僕はペニスの先端から熱い先走り液を漏《も》らしてしまった。

そんなことしなくていい——言葉にならなかった。

梨子は菩薩《ぼさつ》のような微笑を浮かべてから、唇を薄く開いた。清らかなピンク色の舌を差しだして、僕のペニスを舐《な》めはじめた。

敏感な裏筋をぬるりと舌が這い、僕は大きく息を呑んだ。梨子の舌は小さくてつるつるし、息を呑むほど初々《ういうい》しい感触がした。

きっと、男性器官を舐めたことがないのだろう。それでも、こわばる舌を懸命に動かし、ペニスに唾液《だえき》の光沢を与えていく。亀頭からカリのくびれ、そして肉竿の裏側へ……最初は眉根を寄せた困惑顔で舐めていたが、やがて舐めることに集中しはじめた。眼つきを卑猥《ひわい》なほどトロンとさせて、一心不乱に小さな舌を踊《おど》らせてきた。

やがて、サクランボのような唇を丸くひろげた。唾液に濡《ぬ》れて紅色に輝きながら、震《ふる》えていた。やはり苦手意識を払拭《ふっしょく》できていないのかもしれなかったが、僕にはもう、遠慮の言葉を吐くことができなかった。遠慮するには、梨子の初々しい舌と唇は魅力的すぎた。

梨子は恐るおそるといった表情で亀頭に唇を押しつけ、時間をかけて口に含んだ。僕は体の中でいちばん敏感な部分が梨子の生温かい口内粘膜に包まれていくのを、息を呑んで見守っていた。感触ももちろんたまらなかったが、見た目のいやらしさと言ったら呼吸を忘れてしまうほどだった。

梨子が黒髪を耳にかけながら、ゆっくりと男根を頬張っていく。僕のものははちきれんばかりの状態だったので、梨子はサクランボのような唇を限界までひろげなければならない。梨子には申し訳ないけれど、可愛らしい顔立ちをしているだけに、その苦悶《くもん》する表情がいやらしすぎる。梨子の顔と勃起したペニスは水と油のようなものなのに、ひとつになっている。

手練《てだ》れていない梨子はペニスの先っぽ、亀頭の部分だけを咥《くわ》えただけで限界に達したようだった。唇をスライドさせてしゃぶることもできないまま、ただ先っぽだけをやわく吸い、遠慮がちに舌を動かすだけだった。

それでも僕は興奮した。

体が芯《しん》から震えだし、自分の顔が真っ赤に上気しているのが鏡を見なくてもわかるくらいだった。

5

女に唇でイカせてもらうのは気持ちいいが、事後が気まずいものだ。

自分だけが快楽に身悶《みもだ》え、半ばトランス状態で射精に向かっていく様子を、冷静に見られていたと思うと、正気に返ったときにひどく恥ずかしく、男として身の置き所がなくなってしまう。

梨子は慣れていなかったので、なおさらだった。すべてが終わると、天井に黒い雨雲でも垂《た》れこめているのではないかというほどの、どんよりした空気が部屋を支配した。お互いに口をきくことができず、尋常ではない居心地の悪さが訪れた。

「わたし、お風呂入ってきます」

梨子はまるで逃げるように寝室から出ていった。

僕は安堵《あんど》の溜息をついた。梨子には悪いが、出ていってくれて助かった。こういう場合、男はひとりで眠りに落ちていきたいものなのである。

とはいえ、僕は眠れなかった。

梨子の口腔奉仕に溺《おぼ》れ、射精に導かれたものの、快楽の波が過ぎ去っていくと、胸のざわめきがおさまらなくなった。

梨子は素晴らしい女だった。

まさに理想の花嫁であり、そんな彼女と結婚できる幸福を噛みしめながら眠ればいいのに、暗闇の中で眼は爛々《らんらん》と冴えていく。

梨子はなぜ、いままで封印していたフェラチオを突然してくれたのだろう？

もちろん、僕が疲れているのを見かねてに決まっているが、胸のざわめきがどうしてもおさまらない。

単なる打算なのか？　それにしては、梨子は僕にやさしすぎる。気を遣われ過ぎて、鬱陶しいくらいに……。

どうかしているだろうか？

やさしくされることでかえって疑心暗鬼《ぎしんあんき》が芽生えてしまうなんて、性格破綻とまではいかなくとも、かなり屈折していることは間違いないだろう。

僕は屈折した性格の持ち主になるほど、不幸な生《お》い立ちを背負っているわけではない。むしろ恵まれすぎていたし、自分ではあまり認めたくないけれど、人から見れば甘やかされて育った部類に入るだろう。

屈折してしまったとすれば、女性遍歴《へんれき》以外に心当たりはなかった。

いつだって、最後はしたたかにふられた。

それまで愛しあっていたのが嘘のように、恋人たちは冷たく僕の許を去っていき、僕は理由がよくわからず途方に暮れるばかりだった。

とくに……。

早月にされた仕打ちはいまでも忘れられない。いくら忘れようと努力しても無理で、気がつけば苦い記憶を反芻して胸を痛めている。

俺は悪くないと自分に言い聞かせ、早月を憎《にく》み、蔑《さげす》んでみたところで、救われなかった。

恋愛において裏切られたということは、裏切られたほうにもなんらかの問題がある――どうしても、そういう結論に行きついてしまうからだ。

一度思いだしてしまえば、堂々巡りだけが疲れ果てるまで果てしなく続く。

大学時代、早月とはうまくいっていた。

もちろん、わがままに振りまわされて溜息をついたことは数えきれないくらいあったけれど、いままで付き合った女たちの中で、いちばん長い時間を過ごしたし、いちばん話をしたし、いちばん笑いあったし、いちばんたくさんセックスをした。

うまくいかなくなったのは、大学を卒業してからだ。

社会人一年生、フレッシュマンの毎日は過酷だ。お互い仕事に忙殺され、精根尽き果てるまで腰を振りあっている余裕がなくなった。

時間的にも、気持ち的にも。

望みの就職先を早月に奪《うば》われてしまった、僕のジェラシーも大きかった。

不本意ながら入社した父の会社で、一刻も早くイッパシになってやろうとしゃかりきになっていた僕は、父の鞄《かばん》持ちという屈辱《くつじょく》に耐えながら、外食産業と企業経営について寝る間も惜《お》しんで勉強していた。そんなとき、早月に会って華やかな広告代理店の話を聞くのは耳の毒だと思った。

早月のほうも忙しい様子で、会うことも部屋に泊まりに来ることも滅多《めった》になくなった。

夏頃にはメールや電話での連絡も途切れがちになり、僕は彼女との関係がこのまま自然消滅してしまうのではないかという恐怖に駆《か》られた。駆られながらも、金縛《かなしば》りに遭《あ》ったように身動きがとれなかった。

早月に関する悪い噂《うわさ》を耳にしたのはそんなときだった。

吹きこんできたのは、またぞろ町田だ。

サークル時代の仲間に呼びだされて、深夜に池袋《いけぶくろ》のバーで飲むことになっていた。就職組ではなく、プータロー組だ。僕は多忙な日々を過ごしていたけれど、少しは息抜きも必要だった。気の置けない仲間たちと酒を飲んで馬鹿を言いあい、日ごろの鬱憤《うっぷん》を晴らしてやろうと意気込んでいた。

店に入っていくと、ガランとしたカウンター席で、町田がひとり飲んでいた。サークルの仲間たちは、まだ誰も来ていないようだった。僕を見た町田は、縁なしメガネの奥で元から細い眼を糸のように細めた。

「やあ、吉武くん。久しぶりだね、元気してた?」

「ああ、どうも……」

挨拶《あいさつ》した僕の顔は、ひきつっていたはずだ。町田が来るとは聞いていなかったし、一緒に飲んで楽しい相手でもない。

町田の渾名《あだな》はスピーカーで、おまけにいつだってひと言多いのだ。いまの彼が僕に吹きこんでくる噂があるとすれば、同じ会社に勤めている早月のこと以外に考えられないから、できれば話をしたくなかった。

「なんだか元気ないなあ……」

僕の顔をのぞきこみ、意味ありげに声をひそめた。

「まあ、元気なはずがないよな。早月ちゃんと別れたんだろ？」

「えっ……」

町田の言葉に、僕の顔はますますひきつった。町田が僕たちの関係の危うさを知っているはずがない。それに、別れの予感はどこかで感じていたけれど、決定的な事態に陥《おちい》ったわけでもない。

「まあね、俺は最初からあの子はどうかと思ってたクチだから、同情はしないけどね。別れてよかったと言ってやりたいよ。おめでとう！」

グラスを合わせてこようとしたが、僕は無視した。

「会社でなんかあったんですか？　あいつ……」

こちらの事情を伏《ふ》せたまま訊ねると、

「あったなんてもんじゃないよ」

スピーカーは水を得た魚のように語りはじめた。

「まさか吉武くん、知らないの？　早月ちゃん、ただいま絶賛不倫中なんだぜ。相手はうちの営業部の部長。ちょっとカリスマっぽい人でさ、めちゃめちゃ仕事ができるんだけど、社内じゃ有名なヤリチンでね、やり散らかした女が各部署にいるってわけ」

僕はこみあげてくる言葉を抑えこむように酒を飲んだ。

「まあね、早月ちゃんの気持ちもわかるんだよ。彼に気に入られれば、どこにでも秘書みたいな感じで連れ歩かれてさ。財界人や芸能人の出るパーティとか？　毎日が華やかだし、人脈はひろがるし、将来的にも俄然《がぜん》有利なわけだよ。部長の後ろ盾があれば、若いうちからいい仕事まわしてもらえるしね……」

僕は黙って飲んでいた。相槌《あいづち》さえ打たず、顔も向けないでいると、町田はつまらなそうにお通しの柿ピーをバリバリ囓《かじ》った。

「ねえ、マスター。乾き物なら、柿ピーよりジャイアントコーンがいいよ。歯ごたえがあって、噛めば噛むほど味が出るんだ」

「お勘定、ここ置いときます」

僕は千円札を二枚置いて席を立った。

「あれ、帰っちゃうのかい？」

町田が声をかけてきたが、無視して店を出た。約束をしていた仲間たちに申し訳ないという気も起きなかった。町田のような人間を呼んだほうが悪い。あんな男と一緒では、鬱憤を晴らすどころか溜まる一方だ。

別の店で飲み直す気にはなれなかった。大通りでタクシーを停め、早月の家に向かった。大学卒業を機に、彼女は実家を出てひとり暮らしを始めていた。住所は知っていたが、皮肉なことに訪ねたのは後にも先にもこのとき一回だけだ。

「うわっ、どうしたの？」

マンションの扉を開けた早月は、僕を見て二重に驚いたはずだ。ひとつは深夜突然訪れたことに、もうひとつは僕が幽霊みたいな顔色をしていたことに。

「遅くに悪いな。近くまで来たもんだからさ。そういえばおまえの家がこの近くだったなって……」

「ついでに思いだしてくれたわけね？」

「あがってもいいか？」

「いいけど、散らかってるよ。わたしもいま帰ってきたところなんだ……」

早月はグレイのスーツ姿で、僕を部屋に通すとあわただしく動きはじめた。コンビニの袋に入ったドリンク類を冷蔵庫にしまい、部屋に干してあった洗濯物や床に散らかった雑誌を片づけていく。

　ワンルームの狭い部屋だった。

　カーテンはベージュでカーペットはココア色。ベッドカバーは白に青のストライプ。ピンクや花柄やレースを使わないところが、早月らしいと言えばらしいけれど、テレビもステレオもタンスもなく、全体的にちょっと寒々しい感じがした。

「ビールでも飲む？」

　ベッドに腰をおろした僕に、早月は片づけをしながら声をかけてきた。

「いや、コーヒーがいい。ちょっと飲みすぎた」

「コーヒー？　そっちのほうが面倒くさいんだけどなー」

　悪態をつきながらコーヒーメーカーのセットを始める早月の様子は、いつもと変わらなかった。ただ、タイトフィットのスーツ姿が僕にはひどく新鮮だった。いかにも社会人一年生らしい初々しさがあり、と同時に、ほんの数カ月の間にどこか大人びた雰囲気を身につけていた。

　アルコールの染《し》みた体に欲情がこみあげてくる。

　久しく忘れていた、甘く痺れるような感覚が体の芯を疼かせる。

　町田の話を聞いて頭に血が昇り、思わずタクシーに飛び乗ってしまったけれど、不倫の話など、どうでもよくなってきた。

考えてみれば、早月の浮気癖《ぐせ》はいまに始まったことではないのだ。学生時代にも一度、大喧嘩をしたことがある。クラブでナンパされた男とイチャイチャしていたという情報が、サークル仲間経由で僕の耳に入ったのだ。

怒り狂った僕はひと晩中彼女にこんこんと説教し、早月はふくれっ面で「ごめんなさい」と謝りつづけた。いくら人の道を説いても謝り方が棒読みで、反省している節《ふし》がまったく伝わってこなかった。それでも「別れたいのか？」と訊ねると、首を横に振る。

結局、僕が許した。

僕が別れたくなかったからだ。

なのに、いまさら不倫を問い質《ただ》すことに意味があるのだろうか？

そんなことより、体を重ねてしまえばいいのかもしれない。

つまらない疑惑など、燃えるような欲情の炎で焼き尽《つ》くしてしまえばいい。そのほうがずっと、僕と早月らしい。お互いがお互いを必要としていることを、恍惚《こうこつ》を分かちあいながら確かめあえばいい。

足踏みしながら食器を洗っていた早月は、

「ああっ、もうやだっ！　駅からずっと我慢してたんだった」

濡れた手のままトイレに駆けこんでいった。

僕は苦笑して切羽つまった彼女の後ろ姿を見送った。

やっぱり早月のことが好きなのだと思った。

だいたい町田の話にはガセも多い。不倫なんて嘘かもしれない。早月は昔からまわりの顰蹙《ひんしゅく》を買うのが得意だったし、部長に寵愛《ちょうあい》されている彼女を妬《ねた》んだまわりの人間が、タチの悪い噂を流した可能性だってあるだろう。早月と悪い噂は昔からワンセットなのだ。悪い噂を面白がっているところさえある。だから、いくら寵愛されていても、最後の一線までは越えていないはずだった。早月という女は、そういう女なのだ。

僕はそう思いこもうとした。

そのとき、よけいなものが眼にとまらなければ、運命は変わっていたはずだ。

ガラスのテーブルの上に携帯電話が置かれていた。

僕は手を伸ばしてしまった。

町田の話をきっぱり否定するためだ。噂は噂であり、早月の身は潔白だ。それを確認するためにのぞくのだ——そう自分に言い聞かせながらメールの受信記録を見ていったのだが、本音ではやはり、早月を疑っていたのかもしれない。

結果はクロだった。

真っ黒だ。

「いまから会える？」「今夜行ってもいいかい？」という逢瀬《おうせ》の誘いが、「柳井《やない》部長」という送信先から山のように届いていた。おそらくこれが、町田の言っていたカリスマ宣伝部長だろうと確信した。

メールには写真が添付されているものがあった。その写真を見たときの衝撃は、後頭部を鈍器《どんき》で殴られたようなものだった。

「唇が最高だった」というメールに、黒い男根を咥えた早月の顔写真が添付されていた。赤い唇を卑猥なOの字に割りひろげ、欲情に蕩《とろ》けきった眼でカメラを見ていた。「早く抱きたい」というメールには、ベッドでしなをつくったランジェリー姿だ。扇情《せんじょう》的な、燃えるようなワインレッドのブラとショーツで裸身を飾った早月が、「早く抱いて」とでも言いたげな悩ましい笑みを浮かべている。

よく見れば、ベッドカバーは白と青のストライプだった。いま自分が腰かけているものと同じだと気づくのに、時間はかからなかった。背筋に戦慄《せんりつ》が這いあがっていった。枕元に置かれた目覚まし時計や壁紙の模様も一緒だ。ということはつまり、早月はこの部屋で男にセミヌード写真姿を撮影させ、そのままここで体を重ねたということだ。

ギシッと軋《きし》んだベッドのスプリングが、自分の心が軋む音に聞こえた。

「ちょっと……なにやってるの？」

気がつけば、早月がトイレから出てきていた。自分の携帯電話を手にしている僕を見て、顔色を失っていく。

「なにやってる？　それはこっちの台詞《せりふ》だよっ！」

よっぽど怒鳴《どな》ってやろうかと思ったが、僕は口を真一文字に引き結んで立ちあがった。

早月の携帯電話をベッドに放り、玄関に向かった。

言葉を吐くこともできないくらいの動揺に、僕は襲《おそ》われていた。

だいたい、怒鳴ったところで時間は巻き戻らない。話しあいなんかに意味はない。事実が判明した以上、もうここにいる必要はなかった。戦意喪失《そうしつ》。そう言ってしまえばそれまでだが、絶望的な無力感だけがあとからあとからこみあげてくる。

「待ってよっ！」

早月が駆けてきて玄関の前に立ちふさがった。

「コーヒー、せっかく淹《い》れたんだから飲んでいって」

「……おまえ馬鹿か？」

僕はさすがに言った。

「なんとかっていうヤリチン部長とよろしくやってくれ」

早月の体をどけて出ていこうとしたが、腕をつかまれた。挑むように睨まれたが、僕には睨み返す気力がなかった。

相手が同世代の若い男なら、違う反応だったかもしれない。声を荒げて怒ったかもしれないし、奪われた女を奪い返すのだと、逆に闘志をかきたてられた可能性だってある。そう、クラブでナンパされた話を耳にしたときのように。

しかし、相手が中年の部長では無理だった。

僕には中年オヤジと付き合う若い女に、生理的な嫌悪感があった。社会人になってから、その傾向は強まっていく一方だった。

コンプレックスの裏返しだ。

学生時代はセンスの古いオジさんと馬鹿にしていたのに、実際に社会に出てみると、彼らはすべてをもっていた。金や地位や権力だけでなく、経験の蓄積《ちくせき》がどれほど大切なものなのか思い知らされた。彼らに頭《こうべ》を垂れて教えを乞《こ》わなければ、僕は仕事についてなにひとつ学べなかった。

そんな連中に女まで奪われたのだ……。

不倫の恋に身を焦《こ》がす女の気持ちなど昔はさっぱりわからなかったが、いまならわかる。わかるだけに打ちのめされる。経験豊かなあの連中は、セックスだって上手《うま》いに違いない。欲望深き早月を、さぞや悦《よろこ》ばしたに決まっている。

僕の怒りは全身の血を煮えたぎらせるほどだったが、同時に気力が抜けていった。自分の無力さに対しての絶望感だけが怒濤《どとう》のように押し寄せてきて、口論する気にもなれなかった。

「わたしは悪くない……」

早月は言った。腹の底から絞りだすような声だった。

「わたしをほっといた吉武くんが悪い」

「そうだな……」

僕はうなずいた。

「おまえは元々そういう女なんだ。わかってて付き合ってた俺が悪い。でももう限界だ。もう勘弁してくれ」

重苦しい沈黙が訪れた。早月はまだ挑むように睨んでいる。だが言葉はない。殊勝《しゅしょう》に言い訳されても困るが、開き直られたってどうしようもない。

沈黙に耐えられず、

「……俺がいけないのかもな」

震える声を絞りだした。

「俺がおまえの言いなりになって、なんでも許しちゃうから、こういうことになっちゃうのかもしれない。こんなことしてるとおまえ、いまにひどいことになるぞ。誰にでも股開く……性根の腐った女に……」

目頭が熱くなり、嗚咽《おえつ》がこみあげてくる。それを見られたくなくて僕は、早月を強引に押しのけ、外に飛びだした。

晩夏だった。

夜になっても気温が下がらず、駆けだす僕の体からは汗が噴《ふ》きだしてきた。

いまでも眼をつぶれば、あのときの嫌な気分を生々しく思いだせる。

三年も前の話だった。

それから早月には、二度と会っていない。

第六章　あなたが私をさがすとき

1

朝がきた。

ひどく肌寒かったのは、布団《ふとん》をはだけてしまったからか、あるいは本格的に冬が到来したのだろうか。

梨子は隣で静かに寝息をたてていた。

枕元のデジタル時計はＡＭ７：24分を表示中。そろそろ出社の準備をしなければ遅刻してしまう。

僕は梨子を起こさないように、慎重にベッドから抜けだした。とはいえこちらも寝起きなのでマットを軋《きし》ませてしまったが、梨子は寝息をたてたままだった。

よく寝ている。

朝食づくりに命を懸《か》けている梨子なのに、珍しいこともあるものだ。

ゆうべはいつ眠ったのだろうか？

その小さな唇《くちびる》で僕の精を受けとめてから、風呂に入りにいった。僕はベッドの中でなかなか眠りにつけなかった。たぶん、二時間くらいは起きていたと思う。その間、梨子は戻ってこなかった。長風呂がお得意の彼女でも、さすがに二時間はお湯に浸《つ》かっていないと思うが……。

僕は物音をたてないように寝室の扉を閉め、手早くシャワーを浴び、スーツを着けてマンションを出た。

風が冷たかった。

季節はだらだら移りゆくものではなく、一日でパッと変化する。昨日が秋の最後の日で、今日が冬の最初の日——そう思わせる風の冷たさだった。身震《みぶる》いしながら、駅に続くだらだら坂を下っていく。

いや……。

風がことさら冷たく感じられるのは、季節のせいではないのかもしれない。

心が妙に冷えていた。

梨子のせいではない。

疲れている僕に、慣れないマッサージを施《ほどこ》してくれ、苦手なフェラチオさえしてくれた思いやりには頭がさがる。

早月のせいでもない。

三年も前に別れた女のことを、いまさらどうこう言ってもしかたがない。

なのに気分が晴れない。

結局のところ、女なんて生き物は、そのうち後ろ足で砂をかけて逃げていくような存在なのではないだろうか……。

梨子は悪くない。

たとえ男に都合のいい女を演じているとしても、愛ゆえのことならば責められるわけがない。

早月も悪くない。

性悪が彼女の本性なら、彼女は自分に素直に生きているだけだ。

しかし……。

もしも、梨子の本性が早月のようなものだったら……。

いや、早月よりももっと獰猛《どうもう》な素顔をもっているとしたら……。

隠されているぶんだけ、いろいろなことを考えてしまう。

見えない梨子の本心を……。

演じることに疲れたときの、凍《こご》えるような修羅場《しゅらば》を……。

「考えすぎだよ」

白い吐息《といき》とともに、僕は独《ひと》りごちた。

駅に向かう足取りが自然に早くなり、気がつけば坂の途中にあるウエディングドレスの専門店を通りすぎていた。

日課であるショーウインドウのチェックを忘れてしまったが、数メートル坂を戻って改めてチェックする気にはなれなかった。

2

二週間が過ぎた。

僕にとってひどく悶々《もんもん》とした時間だった。

〈爆弾酒場〉は内装工事に入り、あとはデザイナーの寺島をはじめとした、現場スタッフにすべてを委《ゆだ》ね、完成を待つほかない。僕にできることは、インターネットのホームページをつくったり、宣伝になりそうな媒体《ばいたい》に働きかけたり、オープニングパーティの段取りを決めることくらいだった。

毎日終電をすぎてから帰宅する生活から解放されたとはいえ、家での生活が充実したのかといえば、そうでもなかった。

恋もセックスも、当たり前だがひとりでするものではない。どちらかがふたりの関係に違和感を覚えていれば、相手だって普通でいられるはずがない。

梨子は梨子で、なんだかぎくしゃくしていた。

まず、朝食にそれほど凝《こ》らなくなった。いままでが凝りすぎだったので、べつにかまわなかったが。

家の中でスキップするように歩かなくなり、スリッパをパタパタ鳴らす癖《くせ》も影をひそめた。なにより、ピンクに白い水玉のラブリィなエプロンに違和感を覚えるようになった。もちろん、エプロンそのものは変わらない。それに似合う笑顔が、彼女の顔から消えたのである。

かまってあげられないことを拗《す》ねているのか、あるいは他に思うところがあるのか、理由は定かではなかったが、一緒に寝るようなタイミングでも、半身浴や顔のパックを理由に「先に休んで」と言われるようになった。

彼女を愛しているのなら、話しあうべきだった。しかし、いまの僕には、彼女と正面から向きあう気力がなかった。とにかく仕事が一段落するまで待ってくれと、胸底で祈るしかなかった。

季節は完全に冬になり、通勤にはコートとマフラーが必要になった。

とくに朝はひどく冷える。なんだか梨子との関係と季節の進行がシンクロしているようで、毎朝玄関から外に出るたびに、僕は深く落ちこまなければならなかった。

その日は会社に出社せず、〈爆弾酒場〉に直行することになっていた。

寺島の顔を立て、現場に行くことを禁欲していたのだが、「そろそろ一度見にきてほしい」と連絡が入ったのだ。

相手は海千山千《うみせんやません》だから、裏切られる可能性もないではない。そのときはそのときだと腹は括《くく》っていたが、もちろん裏切られないほうがいいに決まっている。

不安と期待に胸を締めつけられながら、工事用の青い養生《ようじょう》シートが敷かれた階段を降りていった。店のドアは開いていて、ニッカボッカを穿《は》いた職人が出入りしていた。

「どうも、本社の吉武です」

僕は面識のない職人たちに挨拶《あいさつ》しながら中に入っていった。

「よう、克彦くん。ご苦労さま」

どこからか、寺島が声をかけてきた。僕はその場に立ち尽くしたまま、彼に顔を向けることさえできなかった。

目の前にジャングルがあったからだ。

ほんのひと月ほど前、ここに来たときはスケルトンだった。剝《む》きだしのコンクリートと埃《ほこり》っぽい空気だけに支配された、からっぽの闇《やみ》だった。それが劇的に変化した。風景が一変した。

「いちおう規則だから、これ被《かぶ》って」

寺島に渡されたヘルメットを被っても、まだ興奮は治まらなかった。治まるはずがない。僕のためにいったん工事は小休止され、ジャングルがライトアップされると、ますます景色がエキサイティングになった。

もちろん模造の樹木だが、天井まで緑が覆《おお》い尽くしている様子は迫力満点で、まるで木々が地下から生えてきてコンクリートのビルを浸食していくような、そんな幻想的かつパワフルな光景が目の前にひろがっている。

まだテーブルは入っていなかったが、僕には店がオープンしたときの光景がありありと想像できた。酒を酌《く》み交わす男と女の表情まで、脳裏《のうり》に浮かびあがってきた。

「どうですか、感想は?」

職人を束ねる工事の現場責任者が声をかけてきた。彼は最後まで〈爆弾酒場〉のコンセプトに反対していたのだが、資金繰りの関係でどうしても工事を先送りできないと、渋々《しぶしぶ》僕の案に従った男だった。

「いや、思った以上です。はっきり言って感動しました」

僕の言葉に、現場監督は得意満面でうなずいた。してやったりという心の声が聞こえてくるようだった。

「まあ、工事の前にはいろいろあったわけだが……」

寺島が言った。

「始まっちまえばみんなプロの仕事をしてくれたよ。いや、予想以上にノリノリに張りきっちまった。ビルの中にジャングルなんてさ、正直言うと、なんて馬鹿《ばか》なことを言うんだと思ってたけど、馬鹿馬鹿しいくらいの景色が実際に現われるのは、やっぱり楽しいもんなんだな」

現場監督と眼を見合わせて笑った。

僕も笑っていた。

景色を変えたい欲望が、内装業者の本能なのか、もっと根源的な人間の欲望なのか、それはわからない。

だが、この店はきっと、新しもの好きな若者たちの間で話題になるだろうと思った。変化した景色が人を集め、集まった人がさらに景色を変えていく。どの方向に変化していくかはまだ未知数だが、混乱が混乱を呼べば、この地味な住宅街の名物店にだってなるかもしれない。

早月のことが脳裏をよぎった。

彼女にこの店の感想が聞きたかった。

いまはっきりと気づいた。

僕はこの店のコンセプトを決めたとき、最初から彼女のことが頭にあったのだ。都市をサバイバルしている男と女が、ひととき心を癒す店——僕と早月がハードリカーを酌《く》み交わせるような店にしたかったのだ。

もちろんそれは、純粋なイメージにすぎないのだけれども。

3

数日後、僕は新宿にあるイベントホールにいた。

某大手アパレルメーカーが新展開する、ランジェリーラインのお披露目ショーを見るためだ。

きっかけはおせっかいな一枚の葉書だった。

酒場で胸ぐらをつかんだことを根にもっての嫌《いや》がらせか、あるいは単なる社交辞令なのか、町田から会社宛に招待状が送られてきたのだ。

早月もランジェリー姿でステージにあがるらしい。

そのことにスケベ心を揺さぶられたわけではないし、過去にあった関係の復活を目論《もくろ》んでいたわけでもないけれど、僕は足を運んでみることにした。

単純にいまの早月を見てみたかったからである。

別れてから三年あまり。体を使おうがなにをしようが、町田に歯軋《はぎし》りさせるほどの成功を社内で収めている彼女の勇姿をこの眼で確かめられるなら、年下の先輩のゲスないやがらせに踊《おど》らされてみるのも悪くなかった。

イベントホールは百席ほどの小さな規模だった。

ステージも司会者用のブースと、背後にブランド名の記されたパネルが張られただけのシンプルな造りで、花道も設置されていなかったが、「可愛《かわい》くって、かなりセクシー」のキャッチコピーが眼を惹《ひ》いた。

客を楽しませるイベントというよりマスコミ向けの撮影会に近いのだろう。客席は取材記者と関係者が半々といった感じだった。

それでも客電が消えて七色のスポットライトが舞い、ビートの効いた音楽が大音響で鳴りはじめると、それらしい雰囲気《ふんいき》にはなった。

「レディース、アンド、ジェントルマン!」

日本人なのに巻き舌のDJが、イベントの開催を高らかに告げる。僕は客席のいちばん後ろで、壁にもたれてステージを見ていた。これから華やかになっていくはずのステージを、遠巻きに。

「やあ、吉武くん。やっぱり来たね……」

どこからか町田がやってきて肩を並べた。

「さすがに元カノが裸同然の格好になるって聞けば、気になって当然だよね。それとも未練?」

「まさか……」

僕は苦笑するしかなかった。彼の目的はやはり嫌がらせだったらしい。

「招待状送ってもらったから、町田さんの顔を立てて来ただけです」

「へええ。でも見たらきっとびっくりするよ。かなーりエロいから」

僕は町田に眼を向けなかった。どんな顔をしているのか見たら、殴《なぐ》ってしまいそうだった。

　ＢＧＭのボリュームがあがり、ステージにモデルが登場した。

ランジェリーを纏《まと》った背の高い女が、ハイヒールを鳴らしてステージを闊歩《かっぽ》し、ターンしたりポーズを決めたりする。「可愛くって、かなりセクシー」というキャッチコピーを体現するかのように、次々に登場したモデルは全員、ガーターベルトとガーターストッキングを着けていた。

　それも会社上層部の依怙贔屓《えこひいき》なのか、早月の登場は七人いるモデルのうち、トリの七番目だった。

「ラストを飾るアイテムは、着けてるだけで気分がアゲアゲ。ボディだけじゃなくハートも飾る。セクシーだけどフリルもレースもたっぷり使ってガーリーなやつだぁ」

　巻き舌のＤＪがしゃべっている。

「このアイテムなら、ガーターストッキングがマスト！　もう絶対、彼氏も心臓バクバクでしょう。奥手の子にもぜひぜひチャレンジしてもらいたい、イチオシの三点セットランジェリーだぁ」

　ビートの効いた音楽に乗って、早月がステージを闊歩する。右に行き、左に行き、中央で立ちどまってモデルのようなポーズをとる。三点セットのランジェリーに、黒いガーターストッキングを着け、十センチはありそうな黒いハイヒールを履《は》いている。

僕は息を呑んでその光景を凝視《ぎようし》した。

ランジェリーは黒だった。そこにピンクの縁《ふち》取りがされていて、DJが説明したとおり、フリルやレースがふんだんに使われている。ショーツの食いこみはきわどいものの、ガーターベルトやガーターストッキングがあるから、水着よりずっと肌の露出《ろしゆつ》は少ない。

それでも、息を呑んでしまうほどエロティックだった。

ひとつはヘアとメイクのせいだ。

栗色の髪をわざとボサボサにし、やけに濃いアイラインを引いている。なんだか退廃《たいはい》的な雰囲気で、可愛くコンサバティブであることを常とする日本の下着メーカーの常識から著《いちじる》しくはずれていた。

マーケットに新規参入するメーカーの意地を垣間《かいま》見たが、たとえて言えば、白人の娼婦のような感じなのだ。僕は外国で娼婦を買ったことがないから、映画に出てくるコールガールをつぎはぎした通俗的なイメージしかもっていないけれど、ドキッとするほどセックスの匂いを振りまいている。

もうひとつは表情のせいだ。

眼が虚《うつ》ろだった。早月自身も通俗的な娼婦のイメージをなぞって、そんな表情をしているのかもしれないが、切れ長の美しい眼に光がなく、気怠《けだる》げに瞼《まぶた》を半分落としている。僕が知っている早月は強い眼をした女だったから、まるで別人のように見える。

眼つきは虚ろでも足取りは力強く、堂々としていた。

僕の視線は次第に、彼女の体を飾っているものではなく、彼女の体そのものをなぞりはじめた。

三年ぶりに見る早月の体は、以前よりずっと女らしさを増していた。胸のふくらみもヒップも悩殺的なほどの量感をたたえ、そのくせ腰はしっかりとくびれて、以前は細かった太腿《ふともも》が逞《たくま》しいくらいの太さになっていた。

「な、エロいだろ?」

町田が耳打ちしてきた。

「オジさん連中を次々手玉に取って、色気を磨《みが》いたんだろうな。眼つきがいやらしすぎるよ、まったく」

僕は町田の話など聞いていなかった。頭をフル回転させて、記憶のデータベースにアクセスしていたからだ。早月の虚ろな眼つきはなにかに似ていた。しかし、そのなにかがどうしても思いだせない。

そのとき――。

早月が突然、ステージで棒立ちになった。「キャーッ!」という悲鳴に続き、客席前方が騒然《そうぜん》となった。

五十代とおぼしき女が、立ちあがって早月になにかを投げたのだ。

生卵だった。

ステージで立ちすくむ早月の顔と肩には、黄身と白身がぶちまけられていた。スポットライトを浴びてぬらぬらと不気味に光るそれが、せっかくの晴れ舞台を台無しにした。BGMがとまり、場内が騒然となる。巻き舌のDJはブースの中であわてふためき、BGMをとめたことが正しい判断だったのかどうか、混乱しきっている。

客席から卵を投げこんだ女は、五十歳前後だろうか。たたずまいが上品な淑女《しゅくじょ》だったが、表情は夜叉《やしゃ》のように恐ろしく、ふうふう息を荒げながら早月を睨《にら》みつけている。

「おいおい……」

町田が隣で唖然《あぜん》とした声をもらした。

「あの人、うちの役員の奥方だよ。ダンナをたらしこまれて、我慢できなかったんだろうな。早月ちゃんを寵愛してる役員の奥さんだから……」

僕はステージの早月から眼を離せなかった。

仁王立ちになって、役員夫人と睨みあっている。

「なにするんですか？」

「泥棒猫《どろぼう》」

「ハッ」

早月は鼻で笑った。

「いまどき、そんな台詞《せりふ》ホントに言う人いるんですね」

場内の空気が凍《こお》りつき、役員夫人の呼吸がますます荒くなる。

「人の夫に手出ししといて、なんなのその態度は？」

「わたしから手を出したわけじゃありません」

「なんですって！」

役員夫人は客席から飛びだしてステージに向かおうとしたが、駆けつけた数名の警備員が彼女を連れ去っていったので、それ以上の大事には至らなかった。

早月は卵をぶつけられた髪などまったく気にせず、ステージ中央で仁王立ちになったまま、連れ去られていく女の背中を睨みつづけていた。

僕は深い溜息をついた。

ついでに苦笑ももれてしまう。

変わってなかった。

年を重ねようが、色っぽくなっていようが、早月は早月だった。

僕には彼女の顔に書いてある言葉が見えるようだった。

わたしは悪くない——。

ふたりが結ばれた沖縄の合宿で、横恋慕《よこれんぼ》に逆上した先輩に対して突っ張ったときと同じように。

4

僕は待った。

イベントホールの楽屋口が見える路上で、早月が出てくるのを。

町田に見つかると面倒なので、わざわざ道路を隔《へだ》てたビルの陰に隠れながら。

寒かった。

冬の夜風が体の芯《しん》まで染みてきて、足踏みをやめられなかったけれど、心はもっと寒々としていた。

早月はどうなっているのだろう？

ひどい目に遭《あ》ったね、とバックステージでねぎらわれているだろうか？

あるいは自業自得《じごうじとく》だと、顰蹙《ひんしゅく》、総スカン、冷たい視線の嵐だろうか?

なんとなく、後者の気がした。

孤立無援《こりつむえん》、まわりは全部敵だらけ、そういう状況をみずから招き寄せるのが、早月という女なのだ。

僕は彼女と別れた三年前、捨て台詞を浴びせた。

「こんなことしてるとおまえ、いまにひどいことになるぞ。誰にでも股開く……性根の腐った女に……」

予言がピタリと命中してしまい、なんとも言えない気分だった。

僕はあのとき、早月に怒りをぶつけながらも、彼女を心配していた。ひどいことになりたくなかったら、浮気性を反省し、次の男には僕が味わったようなみじめな気分を味わわせるな、と言いたかったのだ。

だが早月は、なにも反省せず、生き方を改めることもなく、むしろ悪いほうへと転がり落ちてしまったらしい。

なぜかと理由を問うことに意味はない。先ほどステージで見た通りだ。あれが早月の本性であり、変えることのできない人格の根幹なのである。

ならば僕は、なぜ彼女を待っているのだろうか?

寒空の下、夜風に震えて足踏みしながら……。

「ったく、どうなってるんだ?」

苛立《いらだ》って腕時計を見た。

ステージ終了から、そろそろ二時間が経《た》とうとしている。

なのに早月はまだ出てこない。

なにかあったのだろうか?

舞台装置を撤収するトラックが走り去っても、姿を現わさなかった。おまけに雨まで降りはじめた。さすがに心が折れそうになり、僕は横断歩道を渡ってホールに向かった。楽屋口に立っていた関係者をつかまえ、訊ねてみた。

「あー、神谷さんなら、さっき表から帰りましたよ」

失敗した。関係者は裏にある楽屋口から出入りするものだと思いこんでいた。

「どれくらい前です?」

「いまさっきですよ。五分も経ってない。走れば駅までに追いつけるんじゃないかな」

僕は走った。

冷たい雨が顔に降りかかってきたが、かまっていられなかった。正面玄関から駅に向かう道を、全速力で駆けた。革靴《かわぐつ》がすべって、何度も転びそうになった。運動不足のせいで息があがり、脚の筋肉が軋む。それでも白い息を吐きながら駅に続く大通りを必死で走る。

ＪＲ新宿駅のすぐ側まで来ても、早月らしき姿は見つけられなかった。かなり本気で走ったので、彼女がまっすぐ駅に向かったなら追いつけたはずだ。

呆然《ぼうぜん》とするしかなかった。

新宿にはＪＲの駅以外にも、私鉄や地下鉄の駅がある。どこを捜していいかわからない。混雑する駅の構内で人を捜すなんて、砂漠の中で一本の針を捜すようなものだし、そもそもタクシーで帰った可能性だって捨てきれないのだ。

彼女はまだ、前と同じマンションに住んでいるのだろうか？　僕がたった一度だけ訪ねたことのある、ひとり暮らしのあの部屋に。

行ってみようか。

闇雲《やみくも》に駅の構内を捜すより、そのほうがよほど効率がいい。だがしかし、行ったはいいが、そこに不倫中の部長がいたりしたら……。

僕は混乱していた。

早月が相手だといつもそうだ。僕は普段の、クールな自分でいられなくなって、取り乱してばかりいる。心を掻《か》き乱される。無闇に熱くなっている自覚があるのに、頭を冷やすことができない。

自宅に押しかけるのは最後の手段として、もう一度ホールのほうに戻った。表通りではなく、裏通りに入り、めちゃくちゃに走りまわった。髪も顔もコートも、みるみるずぶ濡《ぬ》れになっていった。

それ以上に、体力の限界が近づいていた。

もう一歩も走れないという状態で立ちどまった。

肺が燃えあがりそうで、両脚が激しく震えていた。雨さえ降っていなければ、間違いなくその場にへたりこんでいただろう。

オフィスビルの裏側だった。

酒場ひとつない殺風景《さっぷうけい》な景色の中に、赤い傘《かさ》が見えた。女が道端でしゃがみこんでいた。顔は見えなかったが、僕の心臓は早鐘を打ちはじめた。震える膝に鞭《むち》を打ち、足音をたてないように注意しながら近づいていく。

早月だった。

しゃがんでいたのは、箱に入った捨て猫を眺めていたからだ。生まれたばかりとおぼしき、小さな仔猫が三匹。まったく、ひどいことをするやつがいる。こんな人通りのないところに捨てたりしたら、誰かが見つける前に死んでしまうかもしれないではないか。

早月も同じことを考えているようだった。かといって拾っていくこともできないのだろう、赤い傘を猫の上にかざし、立ちあがった。ステージでは下着姿を披露していた彼女も、本業はビジネスパーソンだ。黒いコートにグレイのスーツというでたちだった。歩きだそうとしたが、僕に気づいて歩をとめた。さすがに驚いたようで、眼を丸くしている。

「放っておけないのか？」

僕が言うと、早月は不思議そうな顔をした。長い茶髪と黒いロングコートに氷雨《ひさめ》が降りそそぐ。

「自分が泥棒猫だから、捨て猫が放っておけないのか？」

「なんの話？」

早月はひどく不機嫌そうに返してきた。取りつく島のない感じだった。

僕はひるまずに続けた。

「さっき、おまえの出てるショーを見たよ。ランジェリーの」

早月は黙っている。

「すごく綺麗だったよ。前から綺麗だったけど、大人っぽくなっててすごくセクシーだった」

「もしかして……」

早月はふっと笑った。

「もしかしてわたし、同情されてるのかな？　トチ狂ったおばさんに卵なんかぶつけられた、可哀相《かわいそう》な元カノって」

「いや……」

僕は曖昧《あいまい》に首をかしげた。言いたいことなら、山のようにあった。しかし、胸がつまって言葉が出てこない。呼吸はまだ整っていなかったし、三年ぶりに彼女と相対して、気持ちの混乱はますます激しくなっている。

なにより雨だった。

傘もなく冷たい雨に打たれながら、まともな話などできるわけがない。

「ちょっと付き合え」

早月の手を取って歩きだした。

「なによっ！　わたしもう帰りたいのよ。痛いから引っぱらないでっ！」

「いいからっ！」

抵抗する早月を大通りまで引きずっていき、タクシーを停めて後部座席に押しこんだ。

5

「とりあえず、まっすぐ行ってください」

タクシーの運転手に伝え、ぶんむくれている早月の隣で、僕は腕組みをした。頭をフル回転させ、どこに行こうか考えた。

ホテルの部屋、というのがいちばん落ち着いて話ができそうだった。それは間違いない。ラブホテルではなく、シティホテルの一室。少しばかり張りこんで、外資系の高層ホテルに行ってもいい。

だが、それではつまらない気がした。僕は三年ぶりに再会した早月に、胸に溜めこんだものを吐きだそうとしている。なにを話したいのかまるで整理はついていないけれど、今日ばかりは感情を制御《せいぎょ》できる自信がないし、制御するつもりもない。

もっと気の利《き》いた場所はないだろうか？

居酒屋、バー、カラオケボックス、静かなカフェ、思い出のレストラン……およそ思いつく限りの場所を想定してみたが、どれもしっくりこない。

いや……。

ひとつだけあった。

彼女とじっくり話をするのに、うってつけの場所が……。

「……ちょっとマジ？」

タクシーを降りた早月は、啞然として眉をひそめた。

僕が選んだ場所は、母校の大学だった。

日はすでにとっぷりと暮れ、雨がやむ気配はない。

正門には警備員がいるので迂闊《うかつ》には入れないが、勝手知ったる母校である。いくつかある裏門にまわったが、すべて堅固《けんご》な鍵《かぎ》が掛かっていた。なにかと物騒《ぶっそう》なご時世だ。僕たちが卒業した三年前より、セキュリティ意識が高まったらしい。

「ねえ、なに考えてんのよ？」

僕が塀《へい》によじ登ると、早月が呆《あき》れた声をあげた。

「大丈夫だよ、ほら」

僕は塀の上にまたがり、早月に腕を伸ばした。手を取って引っ張りあげた。

「ああっ、やだもうっ！」

塀の向こうに飛び降りると、早月は完全に怒りだした。コートとスーツとストッキングを汚し、あまつさえ塀の向こうは雑草の茂《しげ》った中庭で、磨《みが》きあげられた黒いハイヒールが台無しになったからだ。

僕はかまわず早月の手を引いて校舎に入った。ところどころ窓に灯《あか》りがついていた。授業はとっくに終わっている時刻だが、ゼミ室や研究室などにはまだ多少、学生や教授が残っているようだった。

校舎に入ると懐かしい匂いがした。

シャッターの降りた購買部。その前に自動販売機が並んでおり、ゴミ箱からコーヒー牛乳や乳酸菌飲料の匂いが漂《ただよ》ってきた。

匂いは記憶を呼び起こす。

早月も思いだしたらしい。服を濡らして険《けわ》しくなっていた眼つきが、遠くを見るように細められた。

肩を並べて廊下を歩いた。

大講義室は人影もなくひっそりとしていた。

蛍光灯《けいこうとう》もついていなかったので、天井の高いすり鉢《ばち》状の広々とした空間が、窓の外から差しこんでくる外灯の明かりだけにぼんやりと照らされている。

「覚えてるかよ?」

僕はすり鉢の縁にある、いちばん後ろの席に向かった。

「ここでおまえにフェラしてもらったんだ。机の席にあがってさ」

「……あったね、そんなこと」

早月が苦笑する。

「あれはいまだによく覚えてるよ。ものすげえ興奮したから」

「わたしも興奮したよ。舐《な》めながら濡れちゃったもん」

僕は内心で安堵《あんど》の溜息をついた。ようやく普通の会話ができそうだった。昔みたいに……。

「濡れてたのか？」

「うん」

眼を見合わせて笑った。

だが、その笑顔も笑い声も、すぐにぼんやりした薄闇に吸いこまれていき、シラけた沈黙が訪れた。やはり、昔とは違う。たった三年でも、されど三年だ。早月は二十二歳から二十五歳になり、僕は二十四歳から二十七歳になった。

「なんか言ってよ」

早月が苦笑する。

「こんなところまで連れてきて、話があったんでしょう？」

「俺たち、やり直さないか?」

いきなり、そんなことを言うつもりはなかった。しかし、言葉が口をついた瞬間、結局のところ自分はそれが言いたかったのだと、妙に納得もした。

「それが話だよ。俺はおまえとやり直したい」

梨子の顔が脳裏にチラついたが、ひとまず振り払った。僕はいま、心の奥の奥に隠されていた、自分でも曖昧だった本音を吐露《とろ》したのだ。まずは僕自身が、僕の本音と向きあう必要があった。

早月の顔はこわばっている。時間がとまった気がした。計れば一、二秒のことだったろうが、僕には一、二時間にも感じられた。

やがて、早月はふっと微笑《ほほえ》み、

「いまさらなに言ってるのよ……」

視線をせわしなく動かしながら言った。

「わたしにとってはさ、吉武くんと付き合ってたことなんて、もう遠い日の昔話なんだから……」

間があった。

早月はそれを嫌《きら》うように、わざとらしいほど明るい声で言った。

「もしかして、さっきのステージで下着姿のわたしを見て、興奮しちゃったのかな？　わたしのこと、抱きたくなった？」

僕は言葉を返せなかった。

「だったら、はっきりそう言いなよ。抱かせてあげてもいいからさ。実はわたしね、いま超セックスしたいんだ。めちゃくちゃやりまくって、頭の中からっぽにしたい。ハハッ、変なの。セックスしたいなら、学校なんかじゃなくて、ラブホに連れていってくれればよかったのに……」

僕は息を呑んでいた。強気な言葉とは裏腹に、早月の眼つきがどんどん虚ろになっていったからだ。

「でも、やり直すのは無理。そんな気はさらさらない」

「……なぜ？」

「正直に言うよ。吉武くんに、いまのわたしは手に負えない……」

無言で見つめあった。早月の虚ろな眼をいくらのぞきこんでも、僕には彼女の真意がまるでわからなかった。

「手に負えない？」

僕の声は掠《かす》れていた。

「それはどういう意味なんだ？」

訊ねてはいけない――もうひとりの自分が言っていた。これ以上踏みこんでも、したたかに傷つくだけだ。

「教えてくれ。せっかく正直に話してくれる気になったなら……」

「どうせ、町田さんあたりに聞いてるんじゃないの？　わたしの評判」

早月は自嘲《じちょう》気味に笑った。

「上司とかお偉いさんとか、誰とでも寝てるって。それ、ただの噂じゃなくて、本当だから」

さすがに堪《こた》えた。

だが、もう後には引けなかった。もはや自虐の領域に僕はいた。どうせなら、偶像《ぐうぞう》をとことん破壊してほしかった。

「仕事で成功するためか？　上に引っぱりあげてもらうための……」

早月は唇を噛《か》んだ。

「最初はね……そういうのもあったかな……でも、だんだんそうじゃなくなっていった。ううん、きっと最初からね。わたしはただセックスがしたかったの。妻帯者のおじさんがどんなエッチしてくれるのか、興味があったし……」

表情が荒《すさ》んでいく。

美しい切れ長の眼が、薄暗い洞穴《ほらあな》のように見えてくる。

僕はようやく思いあたった。

早月の虚ろな眼がなにに似ているのか、はっきりわかった。

内装工事を行なう前の、スケルトンの空間だ。コンクリートが剝きだしになった、ガランとした埃っぽい闇に、光を失った早月の眼はそっくりだった。

「吉武くん、知ってるでしょう？　わたしは最初からそういう女なの。最低最悪の……だからべつにいいのよ。誰に抱かれても、まわりになに言われても……」

たしかに、早月は最初からそういう女だった。付き合うきっかけになった沖縄の夜のビーチで、似たようなやりとりをした。

僕は自分の不甲斐《ふがい》なさに震えていた。

あのとき僕は約束したのだ。その性悪を直してやると宣言して、彼女を抱いたのだ。

約束を果たすことはできなかった。

浮気をしたって最後には許してやるつもりだったのに、寝取られた相手が中年の部長だったことに戦意喪失した。その背景には、自分の望んでいた就職先を、早月にさらわれてしまったというコンプレックスもあった。

だが、どんな言い訳をしても、約束を果たせなかったのは事実だった。

彼女はいま、幸せではない。そんなことくらい、眼を見ればわかる。自由に生きているようでも、心に荒廃《こうはい》を抱えている。僕と付き合っているときの彼女は、これほど虚ろな眼をしていなかった。

間があった。

じわじわと、だが確実に、僕は奮《ふる》い立っていった。

彼女の心がスケルトンなら、飾ってやらなければならない——そんなことを思っていた。コンクリートや配管が剝きだしになった部屋は、ただ荒廃しているわけではない。次の借り主が美しく飾りたててくれることを待っている。

自信があったわけではない。

いや、そうじゃない。

根拠のない自信なら、あった。

ようやく気づいた。いつだってそうだった。僕という人間から、根拠のない自信をとったら、なにも残らないではないか！

「なあ」

声が震えないように注意して言った。

「おまえ、いまセックスしたいって言ったよな。本当にやらせてくれるのか？」

「……いいよ」

早月はますます荒んだ顔で答えた。投げやりというか、自暴自棄《じぼうじき》というか、そんな感じだった。

「好きにしていいから、ホテルでもどこでも連れてって」

「ホテルには行かない。お返ししてやる」

僕は言った。空間デザインに必要なのは、オリジナリティだ。

「はっ？　お返しってなに？」

「ここでされたことのお返しに、机の上でクンニしてやる。立ったままで」

「……やだ」

早月の頬がひきつった。眼が気まずげに宙を泳いだ。

「いったいなにを言いだすわけ？」

「ハッ、いいだろう？　俺、とっても気持ちよかったぜ」

僕が抱きしめようとすると、

「いやっ！」

早月は僕の手を払って後退《あとずさ》った。罠《わな》から逃げだす小動物みたいだった。一瞬、洞穴じみていた眼に光が戻ったように見えた。

「あんな馬鹿みたいなこと、わたしはお断りします」

「馬鹿みたい？」

僕は声を尖らせた。

「おまえがやれって言ったんじゃないか？　机の上に立てって……」

「まさか本当にやるとは思わなかったもの。机の上で仁王《におう》立ちになって、お猿さんみたいに真っ赤な顔して、気持ちよさそうに身をよじって……わたしね、あなたのおちんちん舐めながら、この人もしかして馬鹿なんじゃないかって、本気で心配になったんだから」

一気に言いおえ、鼻に皺《しわ》を寄せて悪戯《いたずら》っぽく笑った。そんなことを思いながらあそこを濡らしていたのなら、彼女も相当に変態だ。

「……こいつ」

手を伸ばしてつかまえようとすると、

「きゃっ！」

早月は悲鳴をあげて逃げだした。大講義室から飛びだし、黒いコートを翻《ひるがえ》して廊下を駆けだしていく。

「なんなんだ……」

僕はその背中を唖然として見送った。ハイヒールを履いているのに、完全に本気のダッシュだった。本気で僕から逃げようとしているのか。

「待てこらあーっ！」

僕も走りだした。少し出遅れたが、すぐに追いつけるだろう。ハイヒールの音が、静まりかえった校舎にうるさいほど響いている。その音を追っていけばいいだけだ。

ところが、五十メートルほど走ったところで、足音が消えた。どこかに隠れたか、ハイヒールを脱いだのか、とにかく追いかける目標を失ってしまった。

「ちくしょう。そっちがその気なら……」

僕も革靴を脱ぎ、それを両手で持って走りだした。馬鹿げたことをやってるな、と思った。卒業して三年も経つのに、校舎に忍びこんで追いかけっことは、大講義室でフェラされるより、よほど子供じみている。

リノリウムの床に靴下では、いつすべって転んでもおかしくなかった。

だが僕は、全力疾走《しっそう》で早月を捜した。

早月はやはり、足音を消すためにハイヒールを脱いだようだった。時折ロッカーの陰や階段の踊り場から姿を見せ、頰をふくらませたり舌を出したり、変顔をして僕を挑発してきた。

まるで追いかけっこを求めているようだった。美人の変顔は首を絞めてやりたくなるほど憎《にく》たらしかったが、その眼つきにかつてのような生気が戻ってきたのを、僕は見逃さなかった。

汗まみれになって走った。

在学中にも、校舎の中を全力疾走したことなどない。大学生は廊下を全速力で走ったりしない。懐かしい景色が、すごいスピードで流れていく。記憶を揺さぶる走馬灯《そうまとう》のように、眩暈《めまい》を誘う。

つかまえたら、ひどい目に遭わせてやろうと思った。

つかまえたら、今度こそ……。

「ちょっとタイム。休憩……」

早月がへたりこんだのは、螺旋《らせん》階段のいちばん上だった。すぐ側にある扉を開けて外に出れば、雨の降りしきる屋上である。そこまでようやく追いつめたのに、タイムに休憩とはいささかずるい。

しかし僕も完全に息があがっていて、呼吸を整えなければ早月の狡賢《こうかつ》さを咎《とが》める言葉も継げなかった。

「……暑《あ》っちぃな」

コートを脱いで、リノリウムの床に座りこんだ。心臓が口から飛びだしそうなほど跳ねていた。なんだか今日は走らされてばかりいる。

まるで罰《ばつ》ゲームだった。

いや……。

きっとこれは罰なのだろう。

早月は高そうなコートを着たまま、床に大の字になった。まるでセックスの後、ベッドの上で手脚を投げだすみたいに。

眼が合った。

「俺は最低だ……」

ハアハアと息をはずませながら言った。

「なんで……なんであのとき、おまえを許してやれなかったんだろうな……不倫してるおまえを……」

「つまんない男になっちゃったね、吉武くん」

早月は大の字になったまま、僕を見上げている。僕と同じかそれ以上、激しく息をはずませている。

「昔だったら、前しか見てなかったよ……過去のことなんて詮索《せんさく》しないで、四《し》の五《ご》の言う前にキスしてた……」

「……そうだな」

僕も横たわり、早月に身を寄せていった。抱きしめて、上から唇をしっかり重ねた。三年ぶりに味わう早月の唇は、熱かった。燃えているようだった。僕の唇も、きっとそうだったろう。

6

僕たちのいる場所は校舎のいちばん上だった。

リノリウムの床の、畳四畳分くらいのホールになっていて、背後の扉を開ければ屋上、前方は螺旋階段、すぐ下の五階の廊下が見えている。

とはいえ、下からの見通しはきわめて悪く、誰かが通りかかっても、息をひそめて身を伏せれば簡単にやり過ごせそうだった。

つまりそこは、欲情のままにまぐわう冒険的セックスにうってつけの場所だった。

僕も早月も、言葉で確認しなくてもそのことは承知していた。

リノリウムの床の上で身をよじりあいながら、舌をしゃぶりあった。早月はもう、服が汚れることなどまるで気にしていなかった。

僕も気にしていない。口づけを深めていきながら、早月の胸をまさぐった。ボタンをひきちぎらんばかりの勢いで、スーツとブラウスの前を割った。

ブラジャーはハーフカップの紫だった。

ステージで着けていたものより、なお大人っぽい。ひと目で海外ブランド品とわかる、セクシーさとエレガントさを兼《か》ね備えたランジェリーだ。

「偉い人にご寵愛されると、下着まで贅沢《ぜいたく》になるもんなんだな」

と僕は思ったが言わなかった。言うかわりに手指を動かした。会わない間に女らしく量感を増した乳房を、ブラの上から乱暴に揉《も》みしだいた。

痛いくらいに揉みしだいても、早月は拒《こば》まなかった。ただせつなげに眉根《まゆね》を寄せ、声を殺して愛撫を受けとめる。僕が早月の乳房の感触を噛みしめているように、早月は僕の手指の感触を噛みしめている。

僕の欲情はつんのめっていた。

早月の気品のある大人びた装いがそうさせた。

ひとしきりブラ越しに乳房を揉むと、右手を下肢に伸ばしていった。自分でも焦《あせ》っている自覚があった。自覚があってもとめられない。

スカートをまくりあげる。

ストッキングはガーターストッキングではなく、黒いパンティストッキングだった。極薄の黒いナイロンに透けて、バタフライのように小さな紫色のショーツが、こんもりと盛りあがったヴィーナスの丘に貼りついている。以前は細かった太腿が、むっちりと悩殺的に張りつめて愛撫《あいぶ》を誘ってくる。

三年間でずいぶん色っぽくなったものだ。

僕と付き合っていたときは、スーツ姿はもちろん、黒いストッキングを着けているところもあまり見たことがなかったので、ドキドキしてしまった。これから抱くのは洗練された大人の女だという、妙な緊張感がこみあげてくる。

だが……。

この色香がどこで磨《みが》かれたのかと考えると、慄然《りつぜん》としてしまう。

早月は先ほど、町田の噂話をしっかりと肯定《こうてい》した。

「なあ……」

僕は早月の股間に手指を伸ばしながらささやいた。

「俺のあとに付き合った男と、こんなところでセックスしたことあるかよ？　大学に忍びこんで廊下でやっちゃうなんて……」

ヴィーナスの丘をねちねちとなぞりながら訊ねると、

「あるわけないでしょ……」

早月は太腿を恥ずかしそうにこすりあわせながら首を振った。

「みんな、こんな馬鹿なことするほど子供じゃないよ」

僕はハッとした。

無意識に自分の口から出た言葉が、時間を過去に巻き戻した。

付き合っていたころ、「こんなこと、されたことある?」というのが口癖だったのは早月のほうだ。そう言って冒険的なセックスに誘ってきたのは、いつだって彼女だった。そして僕は、それが彼女の旺盛《おうせい》なる性的好奇心によるものだろうと決めつけていた。

ひどい勘違いだったのかもしれない。

自分が言ってみて気がついた。

早月は嫉妬《しっと》していたのだ。

僕の過去に……。

僕が過去に付き合った女に……。

身の底から、耐えがたい衝動がこみあげてきた。僕は早月から乱暴に服を奪《うば》っていった。ジャケットもブラウスもハーフカップのブラジャーも脱がし、スカートも脚から抜きにかかる。

「ね、ねえ……」

早月が困惑《こんわく》したように眉根を寄せる。

「そんなに全部脱がさなくても、いいじゃないの。こんなところで……」

「寒いか？」

「それは……大丈夫だけど……」

校舎中を走りまわったあとだったし、お互いに欲情しきっていた。素肌は鳥肌が立つ隙《すき》もなく、火照《ほて》って汗ばんでいる。

「だったらいいじゃないか」

僕は自分の服も脱ぎにかかった。手指が震えて震えて、ネクタイをとくのが大変だった。それでもすべてを脱ぎ捨てて、ブリーフまで脚から抜いた。

いきり勃《た》つ男根を見て、早月が大仰《おおぎょう》に眼を丸くする。自分でも驚く角度で反り返り、天井を睨むようにそそり勃っている。

「おまえも全部脱げ」

僕は早月の体に残っていた黒いストッキングをくるくると丸めて爪先《つまさき》から抜いた。バタフライのようなショーツも奪い、濃密に生い茂った逆三角形の恥毛を露わにした。かつてよく見たように、淫《みだ》らなまでに逆立っていた。

「もう。なんでこんなところで全裸にならなきゃならないのよ……」

早月は恥ずかしそうに乳房と股間を手で隠したが、

「行こう」

僕は立ちあがって早月の手を取った。

「えっ？　行くって……」

「外さ」

僕は屋上に続く扉を見た。

「はあ？　雨降ってるのよ」

「だからだよ」

僕は早月の腰に手をまわし、裸身を抱き寄せた。

「雨の屋上でなんて、おまえ、誰ともやったことないだろう？」

僕の顔はきっと、ギラギラと脂《あぶら》ぎっていたことだろう。

早月は息を呑み、視線を泳がした。それから天を仰《あお》ぎ、祈るような表情になる。僕が射るような視線を向けつづけていると、大きく息を吐きだしてから、口角をもちあげて笑った。僕がよく知るかつての彼女の笑顔だった。

「そうだね。きっとアダムとエヴァだってやってない」

「だろ？」

僕は左手で早月の手を握りしめたまま、右手で扉を開けた。照明のついていない屋上は暗く、雨脚は強まっていた。

かまわず飛びだした。

続いた早月が悲鳴をあげる。全身に冷たい雨粒を浴びて身をすくめ、けれども頬が緩《ゆる》むのを隠しきれない。寒い寒いと足踏みしながらも、ひどく嬉しそうだ。

「ちょうどよかった」

僕の首に両腕をまわし、息のかかる距離で言った。

「しばらく会社休みたかったから、風邪《かぜ》でもひいたら万々歳」

足踏みが、ダンスのステップのようになっていく。

「風邪なんてひかせないよ」

僕は早月を抱きしめた。それ以上きつく抱きしめられないほど強く抱きしめ、顎《あご》をあげた早月の唇に唇を重ねた。熱っぽく吸った。口も舌も唾液《だえき》まで、いや、吐きだす甘い吐息さえ吸いとる勢いでキスをした。

口づけを深めながら、僕は早月の体をまさぐっていく。量感を増した乳房を揉み、くびれの鋭《するど》くなった腰を撫《な》でる。ヒップは乳房以上に丸みを増し、女らしさを伝えてくる。

逆立った恥毛を指でつまむと、早月はビクンッと腰を跳《は》ねさせた。僕は指を下へすべらせていく。肉づきを増した太腿の間にすべりこませていく。

女の急所に触れられた早月は、僕の腕の中でのけぞった。花びらはじっとりと濡れていた。それを左右にめくっていくと、奥から熱い発情のエキスがあふれてきた。

「ぐっしょりじゃないか」

僕は興奮に声を震わせた。驚くほどの濡れ方だった。少し指を動かしただけで、猫がミルクを舐めるような音がたった。

「早くちょうだい」

早月が僕のペニスを握ってくる。

「吉武くんだって準備万端でしょ？　早くこれを……これを入れて……」

僕はうなずいた。ちょうどそう思っていたところだった。いくら興奮しているとはいえ降りしきる冬の雨は冷たく、甘く蕩《とろ》けるような愛撫に耽《ふけ》ることまでは許してくれそうになかった。

すぐ側に柵《さく》があり、金網が張られていた。

僕は早月の片手をそこに導き、つかまらせた。そうしておいて片脚をもちあげる。向きあっての立位だ。初めての体位だったが、チャレンジしてみるしかない。立ちバックで繋《つな》がるほうが楽だが、このまま早月を抱きしめていたい。

芯から硬く勃起《ぼっき》したペニスを濡れた花園にあてがうと、早月はせつなげに見つめてきた。僕は慣れない挿入の角度に戸惑いながら、ゆっくりと腰を前に送りだしていく。斜め上に向かってえぐりこむように、野太くみなぎる男根でずぶずぶと穿《うが》っていく。

早月があえぐ。栗色の髪を振り乱し、豊かになった乳房を押しつけてくる。

僕は唸《うな》りながら、さらに奥を目指して腰をひねった。しかし、さすがにこのアクロバティックな体位では、正常位やバックのように根元まで深々と埋めこむことはできそうもない。

「ああっ、吉武くんだっ……」

早月が涙眼で見つめてくる。

「吉武くんのおちんちんだっ……わたしの好きな吉武くんのっ……」

僕はうなずいて、抱いた腰を引き寄せた。腰を振りたてて、律動を開始した。たとえ浅くても、僕たちはいま、たしかに繋がっていた。三年ぶりの結合だった。三年ぶりに味わう早月の体は、熱かった。煮えたぎるような発情のエキスをしとどに漏らしながら、そそり勃った僕のものにからみついてきた。

一打一打、狙《ねら》いを定めて渾身《こんしん》のストロークを打ちこんでいった。

早月の悲鳴は喜悦《きえつ》に歪《ゆが》み、一足飛びに甲高《かんだか》くなっていった。

降りしきる雨がにわかに激しさを増し、銀色に輝きながら生まれたままの姿でいる僕たちを叩きのめしてくる。

負けるものか。

冬の夜に降る雨は氷のような冷たさで降りかかってきたけれど、僕たちの素肌から熱を奪えやしなかった。もはや痛みに近いその衝撃が、むしろ結合部への集中力を高めた。腰を振りあう快楽に意識のすべてを集中していないと、とてもじゃないが耐えられなかった。

しかも、結合は浅い。奥まで貫《つらぬ》けないもどかしさの中、肉と肉との摩擦《まさつ》を大切に噛みしめる。男根はいつもより野太く、はちきれんばかりに勃起して、早月のほうもすさまじい吸着力で僕のものを包みこんでくる。入りこみ、抜いていくとき、「行かないで」と言うように、濡れた肉ひだがカリのくびれにからみついてくる。

たまらなかった。

全身を氷雨に叩かれてなお、僕の男根はみなぎりをいや増し、鋼鉄《こうてつ》のように硬くなっていく。もっと深く、もっと深く——と慣れない体位に四苦八苦《しくはっく》しながら、息をとめて腰をひねりあげる。

早月が悶《もだ》える。全身がガクガク震えているのは、氷雨のせいではなく、歓喜のために違いない。

「もっとちょうだいっ！　もっと深くちょうだいいいっ……」

僕は腰振りのシフトを一段あげた。しかし、深く激しく貫こうとすればするほど、抜けそうになる。求めあっているのに別れてしまった三年前の僕たちのように、動けば動くほどぎくしゃくして空まわり。

「……ちくしょう」

僕は歯を食いしばり、早月の抱えていないほうの脚も持ちあげた。体ごと抱えあげた。いわゆる「駅弁スタイル」と言われる両脚を持ちあげての立位だ。その体勢で、早月の背中を金網に押しつけた。

「えっ……やっ……」

両脚を地面から離された早月は一瞬あわてたが、すぐに両手で金網をつかんで僕の負担を軽くしてくれた。なにしろこの体位では、僕の両腕に早月の全体重がのしかかってくる。

しかし、結合は深まった。

ずんっ、と突きあげると、亀頭が子宮にゆうゆうと届き、早月は首に筋を浮かべて獣じみた悲鳴を放った。ぎりぎりまで眉根を寄せたいまにも泣きだしそうな顔で、口づけを求めてきた。

僕は応《こた》えた。

むさぼるように早月の口を吸いながら、腰を振りたてた。ずちゅっ、ぐちゅっ、という肉ずれ音をたてて、早月を貫いた。子宮をひしゃげさせる勢いで突きあげても、もっと奥まで行けそうな気がした。両腕の痺《しび》れを忘れさせるほどの快感が、五体の血液をマグマのように沸騰《ふっとう》させていく。

「はぁあああっ……いいっ！　すごいよ、吉武くんっ……こんなの初めてっ……こんなの初めてっ……」

早月はほとんど半狂乱になった。

「奥まできてるっ……はぁああああっ……いちばん奥まで届いてるううーっ！」

「むううっ……むううっ……」

金網をギシギシと軋ませて、僕は早月を突きあげた。終わりが近づいていた。雨に打たれた体も、女体を支えている両腕も、限界だった。五体がバラバラに砕《くだ》け散りそうだったが、そうなってもいっこうにかまわなかった。

ただ、それより一瞬早く、射精さえ遂げられればいい。

いまこのとき、早月を愛し、愛された証に、めくるめく恍惚を味わいたい。

「そろそろっ……そろそろ出そうだっ……」

絞りだすような声をもらすと、

「中でっ……中で出してっ……」

早月がすがるように言った。

「大丈夫だからっ……わたし、ピル飲んでるっ……」

僕はうなずいてフィニッシュの連打を開始した。誰のためにそんなものを常用しているのか、詮索する気にはなれなかった。目の前に迫っている恍惚が、それを許してくれなかった。いや、いまこのとき、最後まで一体感を味わうために彼女はその薬を飲んでいたに決まっている。運命とは結局のところ、すべてが結果論なのだ。

「おおおっ……出すぞっ……もう出すぞっ……おおおおおおおーっ！」

雨の夜空に雄叫《おたけ》びを響かせて、僕は最後の一撃を打ちこんだ。煮えたぎる欲望のエキスを、早月のいちばん深いところで噴射させた。

男根が歓喜に暴れだし、早月は獣じみた悲鳴をあげてのけぞった。ビクンッ、ビクンッ、と体を反らせて、彼女もまた恍惚の彼方にゆき果てていく。

「……イッ、イクッ！」

短く叫んで、五体の肉という肉を震わせた。ドクンッ、ドクンッ、と僕が男の精を吐きだすたびに、身をよじってオルガスムスをむさぼった。

「おおおおっ……おおおおっ……」

僕は閉じることができなくなった口からだらしない声をもらしつつ、長々と射精を続けた。放出のたびにペニスの芯に灼熱《しやくねつ》を感じ、痺れるような快美感が体の中心を走り抜けていった。ぎゅっと眼をつぶると、瞼を閉じた暗闇にも、銀の雨が降っていた。荒れ狂う嵐の中、稲妻《いなずま》の閃光《せんこう》が何度も何度も瞬《またた》いていた。

エピローグ

〈爆弾酒場〉のオープニングパーティが迫ってきた。

僕は落ち着かない、決まりの悪い気分で毎日をやり過ごしていた。社会人になって初めて成し遂《と》げる大仕事——そのゴールを目前に控えていることもあったが、そんな重要な、人生の句読点《くとうてん》となるべき事態を前に、心がさまよっている。梨子との関係にけじめをつけなければならないのに、その一歩を踏みだせない。

早月と三年ぶりの再会を果たして以来、情けないことに僕は、来る日も来る日も泥酔《でいすい》して家に帰っていた。

呂律《ろれつ》もあやしい状態で家のドアを開けると、ベッドにもぐりこんで気絶するように眠りにつく。もちろん、梨子と話をしたくないからだった。話せばきっと、ふたりの関係は致《ち》命《めい》的な局面を迎える。そうやっていたずらに時間を引き延《の》ばしたところで、事態を悪化させる一方なのはわかっていても、僕は酒に逃げていた。

まったく最低だった。

別れ話を切りだせば、梨子はおそらく泣くだろう。

泣くに決まっている。あの可愛い顔をくしゃくしゃにして泣きじゃくり、アーモンド型の眼から真珠のような涙をこぼすのだ。

それに耐《た》えられる自信がなかった。

裏切るよりも裏切られるほうがマシ、という言葉が骨身に染《し》みて理解できた。僕はいままでの人生で、人に裏切られたことは何度もあるけれど、意図して人を裏切ったことはない。なんの落ち度もない、健気《けなげ》で可愛《かわい》い女の子をしたたかに傷つける勇気など、持ちあわせていなかったのだ。

しかし、言わなければならなかった。

早月を抱いてしまった以上、梨子と別れなければ筋が通らない。

そう思いつつも勇気を振《ふ》り絞《しぼ》れず、ずるずると時間だけが経《た》っていった。とにかくすべては仕事が一段落してからだと言い訳しながら……。

そんな僕を、梨子は許してくれなかった。

いや、おそらく天が許してくれなかった。

〈爆弾酒場〉のオープニングパーティが翌日に迫った、深夜のことである。

午後十一時過ぎ、僕がいつものように泥酔して帰宅すると、自宅に異変があった。玄関に見慣れない靴が二足置かれていた。

リビングで待っていたのは、梨子の両親だった。もちろん梨子もいたが、ふたりの陰に隠れるようにして座っている。僕の酔いはいっぺんに覚めた。

「こんな時間までお仕事なの？　大変ねえ」

料理研究家の母親は笑っていたが、皮肉であることはあきらかだった。酒の匂いをぷんぷん振りまいている僕を見て、父親も呆《あき》れた顔をしている。

同棲を始める前、僕は梨子の実家に挨拶《あいさつ》に行っていた。

年ごろの娘と一緒に住むのだから、それが当然だと思った。結婚という言葉は一度も出さず、あくまで同棲の許可を得ただけだが、それでも梨子の両親は、僕がいずれ梨子と結婚するものと受けとったようだった。

僕自身そのつもりだったし、その後、この部屋に内見に訪れたとき、梨子に結婚の意思を伝えた。指輪もなにもないプロポーズだったが、結婚しようとはっきり言った。その話が、両親に伝わっていてもおかしくない。

「えーっと、今日はいったい……」

しどろもどろに僕が言うと、

「いえね、克彦さん」

母親が眉《まゆ》をひそめて睨《にら》んできた。

「最近、梨子が毎晩うちに電話してくるんですよ。淋《さみ》しいとか、心細いとか、克彦さんが心変わりしたんじゃないか、わたし捨てられそうって……そんなことないでしょう、って最初は相手にしなかったんですけどね。もう大人なんだし、自分たちのことは自分たちで解決しなさいって。ただ、梨子は子供のころから引っ込み思案で、大事なことを相手にははっきり訊けないところがあるから……じゃあお母さんたちがあなたにかわって克彦さんに訊いてあげるって、こうやって待たせていただいたわけ。ねえ、克彦さん。心変わりなんてないですよね？」

僕はにわかに言葉を返せなかった。浮気がバレたわけでもないのに、ふたりの問題を両親に告げ口した梨子を恨《うら》んだ。しかし、彼女はまだ二十三歳。なにかあったら親に相談するのは、しかたがないかもしれない。

そんなことより、問題は「心変わり」についてだった。普通なら、耳障《ざわ》りのいい言葉で誤魔化《ごまか》すところだろう。別れ話をするにせよ、まずは当人同士で話しあわなければどうしようもない。その後、両親に事情を説明し、お詫《わ》びをする必要はあるかもしれないが、ものには順序というものがある。

だが、僕には誤魔化すことができなかった。その場しのぎに言葉を継《つ》げば、結局のところ事態を悪化させるだけだからだ。僕は梨子と続けていくつもりがなかった。僕にはもう、彼女と結婚する資格がない。

「申し訳ありません」

その場に土下座した。

「すべて僕の責任です。梨子さんにはなんの落ち度もありません。悪いのは全部僕です。なんと言うか……同棲したり、結婚を考えたりするには、僕はまだあまりにも未熟だった。すべてにおいて至りませんでした……」

「どういうこと?」

母親は微笑をたたえていたが、頬《ほお》が思いきりひきつっていた。

「同棲を解消させてください」

母親が息を呑む。僕は梨子を見た。眼をそむけられた。

「解消って……まだ一緒に暮らしはじめて、三カ月と経ってないのよ」

「申し訳ありません」

僕は頭をさげた。額《ひたい》を床にこすりつけるように。

「悪いのはすべて僕なんです」

「理由を言ってみなさい、理由を。きちんと！」

母親が甲高《かんだか》い声をあげ、

「なあ、克彦くん。そんな言い方じゃ、誰も納得できないぞ」

それまで黙っていた父親も、さすがに口を挟んできた。

「男と女が一緒に暮らしていれば、いろいろあるもんだ。男だけが一方的に悪いなんてことはない。梨子にだって落ち度があったんだろう。それを話しあおうと言ってるんだから、土下座なんてやめてこっちに座りなさい」

僕は土下座しつづけた。

それしかできなかった。

地獄だった。

理由など説明できるはずもなく、話しあいなどしたくなかった。

そういう僕の態度が、両親の気分をますます害したらしく、そのうち露骨《ろこつ》な罵倒《ばとう》の言葉が飛んできた。

「ねえ、克彦さん。あなた、梨子に結婚しようって言ったんでしょ？　その約束はどうするわけ？　そんな理由も言わずにやめにしますなんて、許されることじゃないわよ。結婚詐欺《さぎ》と同じです！」

耐えるしかなかった。梨子の母親は僕の父親の古い友人で、梨子と知りあったのもその関係からだった。話はすぐに父親にも伝わるだろう。ややこしいことになりそうだったが、それでも耐えるしかない。すべては自業自得《じごうじとく》。悪いのは僕なのだ。

「もういいです」

やがて、母親が吐き捨てるように言った。

「梨子、うちに帰りましょう。荷物はあとで引っ越し屋さんに取りにきてもらえばいいから」

あわただしい勢いで、三人は部屋から出ていこうとした。土下座したまま見送る僕を、梨子は最後に振り返った。唇《くちびる》を噛みしめて睨んでいた。

「ちょっとだけ、ふたりきりしてください」

「もういいわよ、梨子」

怒り心頭の母親を父親がなだめ、

「クルマで待ってる」

梨子に言い残して部屋から出ていった。

にわかにガランとしたリビングを、重苦しい静寂が支配した。

「わたし、克彦さんと結婚したかった……」

僕は言葉を返せない。

「でも、もう梨子のこと好きじゃないんじゃしかたがないね。サツキさんて人とうまくやって」

背筋がゾッと震《ふる》えた。

「……どうして？」

「お口で……したとき……あったでしょ？」

僕はうなずいた。

「あのとき克彦さん、わたしじゃなくて、その人の名前を呼んでた……」

梨子が部屋を飛びだしていく。僕は動けない。

静かだった。

一時間以上正座しつづけた僕の脚は痺《しび》れ、すぐには立ちあがれそうにない。いや、たとえ脚が痺れていなくても、立ちあがることなどできなかったに違いない。

この部屋に引っ越してきたとき、誰がこんな結末を予想できただろう？

梨子は涙を見せなかった。

あんがい気丈なのだろうか？

それとも僕の見えないところで、涙が涸《か》れるまで泣いていたのか……。

ひとりでいると、リビングがやけに広く感じられた。気のせいではない。なにかがおかしい。

歯を食いしばって立ちあがった。

テーブルに、梨子が近所の雑貨屋で買ってきた白いフリルのテーブルクロスがかかっていなかった。ここのところ、宿酔《ふつかよ》いを理由に朝食をキャンセルしていたので気がつかなかったけれど、ハート型のランチョンマットも、花びら型のコースターもあるべきところになかった。痺れる脚を引きずって、僕は部屋中を歩きまわった。リビングだけではなく、キッチンもトイレもバスルームも、梨子が新婚イブの生活を華やかに彩《いろど》るために集めたファンシーな小物が、跡形もなく消えていた。

「ああ……」

僕は天を仰《あお》いだ。

梨子はずいぶん前から別れを意識して、部屋を整理していたのだ。

そんなことにいまさら気づくなんて、つくづく僕は最低な男だった。愛想《あいそ》を尽《つ》かされて当然だった。

僕が阿呆《あほう》のように来る日も来る日も泥酔している間に、梨子は僕たちの生活を彩る色を一つひとつ塗《ぬ》り潰《つぶ》していたのだ。気持ちを整理するために、ひとりで時間をかけて。おそらく、涙を流しながら……。

胸が軋《きし》み、心が痛んだ。

最後に僕を睨んだ梨子の眼は、研《と》ぎ澄《す》まされたナイフのように美しかった。そのナイフで、魂《たましい》が削《けず》りとられていくようだった。梨子は僕にとって運命の女ではなかったけれど、たしかに僕は彼女のことが好きだった。

＊

だが、つまらない男の意地かもしれないが、梨子との別れを決めた裏に、早月との復縁があったわけではないのだ。

早月に気持ちを伝えたからには、僕は梨子とは別れるつもりだった。卑怯な男にはなりたくなかった。たとえ早月が僕のことを受け入れてくれず、どちらの女も逃がしてしまう結果になっても……。

とはいえ、どこかで早月の気持ちを信じていたからこそ、そういう決意ができたことも、また事実だった。

だから、やっぱり僕は卑怯《ひきょう》だ。

そして、卑怯者には卑怯者に相応《ふさわ》しい結末が訪れる。

あの夜、母校の屋上で雨の中まぐわったあと、僕は早月に訴えた。もう一度やり直そうと、俺にはおまえしかいないと、かつて浮気を許してやらなかったのは僕の失敗であり、性悪な性格を変えてやれなかった責任は僕にもあると、会心の射精を遂げた勢いのままに、情熱的な言葉を並べたてた。

三年ぶりに再会し、体を重ね、早月こそ僕の運命の女だと悟ったのだ。間違っていないはずだった。

早月だって、僕と同じ心境でいてくれていると確信していた。

しかし早月は、頑《がん》として首を縦に振らなかった。

「やり直すつもりはないって、わたし最初に言ったよね」

「でも、おまえにも俺が必要なんじゃないか？　三年ぶりに会ってびっくりしたよ。死んだ魚みたいな眼をしてた。でもいまは違う。キラキラしてる」

「もうやめて……」

早月はオルガスムスの余韻《よいん》で上気した顔を、これ以上なく悲痛に歪《ゆが》めた。

「わたし、もういやなの」

「なにが？」

「恋愛で傷つくの」

「どういうことだよ？」

「どういうって……」

早月は声を尖《とが》らせた。

「吉武くんにはわからないよ。あのとき、わたしがどれだけ後悔したか。浮気なんて馬鹿なことしたって、どれだけ自分を責めまくったか……もうあんなふうに傷だらけになりたくないの。なったらきっと立ちあがれない……」

言いながら、身震いする自分の体を抱きしめた。唇をきつく嚙みしめて、涙までこぼしそうだった。

「浮気しなけりゃいいだけの話じゃないか」

僕も声を尖らせた。

「おまえの話はおかしい。後悔すべきは浮気であって、恋愛じゃない。そんなことでビビるなんて、おまえらしくないぜ」

「約束は守って。わたしがしたかったのは、よりを戻すことじゃなくてただのセックスだから……」

あれほど熱い情交を交わしたあとなのに、早月の心には屈強なバリアが張られていた。彼女がそれほどまでに過去を悔《く》やみ、傷ついていたと、僕は思っていなかった。逆に言えば、彼女がどれほど深く僕を愛してくれていたかを、知ることができた。

それでもふたりが結ばれない運命なら、僕は僕で過去を後悔し、自分を責めなければならなかった。

あのとき許してやればよかった、手放すべきではなかったと……。

＊

それが早月との顚末《てんまつ》のすべてである。

自分なりに愛について懸命《けんめい》に考え、がむしゃらに頑張《がんば》ったつもりだった。しかし、結局はすべてが空まわり。二兎《にと》を追う者は一兎をも得ず。この手にはなにも残っていない……。

いや、残っていないどころか、負の遺産まで背負うことになった。

翌日の昼過ぎ、父から電話があった。

「梨子ちゃんと別れたんだって?」

早速、母親から連絡がいったらしい。

「事情は訊かん。男と女にはいろいろある。だが、おまえは男だ。そうなった以上、誠意を見せなくちゃいけない……」

こういう場合、誠意とはつまりお金である、と父親は言わなかった。

僕は自分から借金を申し出て、梨子とその両親に一千万円の慰謝料を払うことにした。お詫びの席には、父も同席して頭をさげてくれるという。涙が出そうだった。いったいどれだけの人に迷惑をかけたことになるのか、自分のしでかしたことの大きさを思い知らされた。

*

一世一代の晴れ舞台に、僕はひどい気分で臨まなければならなかった。

放心状態と言ってもいい。

〈爆弾酒場〉のオープニングパーティには、けっこうな人数が集まった。

関係者中心のパーティだったが、〈YOSHITAKE〉本社の重役がずらりと顔を揃《そろ》えていたし、他の直営店の店長もやってきていた。数は少ないが取材に来てくれたメディア関係の人もいる。

みな一様に、地下室に出現したジャングルに驚いていた。評判は上々で、誰もがグラスを片手に顔を上気させ、意欲的な試みに惜しみない賞賛の言葉を贈ってくれた。地下室にジャングルなんて、と最初は反対どころか馬鹿《ばか》にしていたスタッフたちも、褒《ほ》められれば気分が悪いはずがなく、胸を張って自分の仕事ぶりをアピールしている。

熱気に包まれた店内で、僕だけが取り残されていた。

みずから率先して来客に挨拶し、取材記者に店の特徴をレクチャーし、現場スタッフの労をねぎらわなければならない立場なのに、気がつけば談笑の輪からはずれていた。無理やり酒を流しこんでもテンションがあがらず、なんだか心を鉄の鎖でがんじがらめにされているようだった。

ステージでは白人のジャズバンドが演奏している。ニューヨーク在住の彼らとは大学の学園祭以来親交があり、たまたまジャパンツアーと日程が重なっていたので、出演を申し込んだのだ。

本来はアヴァンギャルドなテイストが持ち味なのだが、〈YOSHITAKE〉の重役にも理解できるように、スタンダードナンバーばかりを演奏してもらっている。「マイ・フェイバレット・シングス」「酒と薔薇《ばら》の日々」「フライ・ミー・トゥー・ザ・ムーン」……。

悪くなかった。全員バークリーを出ているので、腕は確かだ。

壁にもたれて、歌うようなサックスの音色に耳を傾《かたむ》けていると、

「どうしたんだい？　浮かない顔して」

寺島が近づいてきて言った。

「まるで飼い猫に逃げられたみたいに元気がないじゃないか」

「そんなことないですよ」

僕はあわてて笑顔をつくった。チームリーダーが晴れの日に落ちこんでいては、まわりによけいな心配をかけるだけだ。

「達成感に浸《ひた》ってただけです。ここまで来るのにいろいろありましたから……寺島さんにもずいぶんご迷惑を……」

僕が頭をさげると、

「おいおい、らしくもないな」

寺島は笑った。

「達成感に浸るのなんて、まだ早すぎる。そういう台詞《せりふ》は、営業を軌道に乗せてから言いたまえ」

「……そうですね」

「しかし、まあ、きっとうまくいくよ」

寺島はまぶしげに眼を細め、店内をゆるりと見渡した。

「これだけのめりこんで仕事ができたのは久しぶりだった。現場スタッフの思い入れも深い。みんなプライベートで飲みにきたいって言ってたからな。そういう店はきっとうまくいく」

「うまくいかせますよ。石に囓《かじ》りついても……」

僕と寺島はうなずきあった。

遅れてやってきたが、パーティには父も参加していた。顔を合わすなり、僕は深く頭をさげた。もちろん、昼過ぎにあった電話の件に関して含むところがあったからだが、父は黙って背中を叩いてきた。なにも言うな、ということらしい。僕たちは親子でも、ここは仕事場だった。プライヴェートをもちこんではいけないということだろう。

「すべてはこれからだ」

父はひと言だけ、僕にそう告げた。いい言葉だった。

すべてはこれからだ——僕はもはやほとんど自棄《やけ》気味に、無理やり自分を奮《ふる》い立たせた。

落ちこんでいる暇《ひま》があるなら、未来に眼を向けるのだ。足を運んできてくれた客に酒を注《つ》ごう。この店にかけた僕の情熱を、唾《つば》を飛ばして説いてまわろう。

そのとき、出入り口がざわめいた。

ライトアップされたジャングルを見上げていたり、膝《ひざ》を揺すってステージの演奏に聴きいっていた客が、次々に振り返っている。

黒いドレスの女が立っていた。

ファーのついた黒いドレスを震えるほどの気品で着こなした女は美人だった。いっそ不安を駆《か》りたてるほどに美しかった。アップにまとめた栗色の髪、細面《ほそおもて》に切れ長の大きな眼、しかし、なにが気にくわないのか異常に不機嫌そうで、まわりの視線を跳ね返すふくれっ面……。

早月だった。

僕は驚いて眼を丸くした。

そういえば、大学に忍びこんだときの別れ際、彼女にインビテーションカードを渡してあった。したたかにふられたあとだったので、来てくれるとは思わなかった、それでも、この店の景色がいちばん似あいそうな早月に、渡さずにはいられなかった。

僕はおずおずと近づいていった。

近づけば近づくほど、彼女の美しさは際立《きわだ》ち、僕の不安は募っていく。いったいなんの目的でやってきたのだろう。復縁話はきっぱりと断られたし、彼女らしい単なる気まぐれか、それともランジェリーショーに足を運んだお返しのつもりか……。

側に行っても、早月は眼を合わせてこなかった。

ステージで曲が変わった。軽やかなフォービートから、一転して静かなバラードへ。アルトサックスがソロ演奏で、「虹《にじ》の彼方に」のメロディを切々と歌いあげていく。

「……どうしたんだよ？」

僕の力ない言葉は、サックスのスウィングにかき消された。ソロだけれど、やけに演奏のテンションが高い。まるでジャングルに生きる野生の獣が、仲間を探して遠吠《とおぼ》えをしているかのように痛切な音色で、「虹の彼方に」が歌われる。どうやら彼らは、この曲をステージの山場に位置づけているらしい。

しかたなく、曲が終わるまで待つことにした。

早月は無表情のまま、唇を引き結んでバンドの演奏に聴きいっている。

僕は早月の横顔に見とれていた。

彼女こそが、僕にとっての虹だったのかと思った。遠くからははっきり見えているのに、近づいても手にすることはできない。たしかに手にしていた実感があっても、それはすべて過去のことで、過ぎてしまえば夢まぼろしのようなもの……。

サックスのソロに、ドラムやベースやギターが追従した。

演奏のスピードがあがる。嵐のように盛りあがる音楽がジャングルを震わせ、客を恍惚《こうこつ》に導いていく。たいしたパフォーマンスだった。最後の一音が消えるまで、店中の客が例外なく息を呑んでいた。

曲が終わると、万雷《ばんらい》の拍手が起こった。

ひどく緊張感がある一曲だったので、ステージのメンバーはひと息入れ、呼吸を整えたり、ミネラルウォーターのボトルを口に運んだ。

「嬉しいよ、わざわざ来てくれて……」

僕もふうっと息を吐いて、早月に声をかけた。なるべくフランクに振る舞おうと思った。たくさんの楽しい思い出を共有する、元カレとして。

「実はこの店のアイデアを練ってたとき、よくおまえのこと思いだしてたんだ。できあってからも、おまえに来てほしいって思った。ハハッ、すげえお似合いの店だろ？　まさかそんなキメキメのドレスで来るとは……思わなかったけど……」

社交辞令じみた僕のおしゃべりは、白刃でまっぷたつに切られるように途切れた。早月が顔を向けてきたからだ。

挑むような眼つきで睨まれた。

たじろぐほどに強い光を放つ眼だった。

「なんだよ?」

僕は苦笑して訊《たず》ねた。激しい胸騒ぎを覚えたのはたぶん、早月の覚悟が伝わってきたからだ。

「ごめん。やっぱり好きみたい」

薔薇《ばら》色の唇から飛びだした言葉に、僕はしばらく呆然《ぼうぜん》とさせられた。

注・本作品は、平成二十二年十一月、宝島社より刊行された、
『あなたが私をさがすとき』を改題し、著者が大幅に加筆・修正したものです。

切り取り線

一〇〇字書評

元彼女…

購買動機（新聞、雑誌名を記入するか、あるいは○をつけてください）	
□（	）の広告を見て
□（	）の書評を見て
□ 知人のすすめで	□ タイトルに惹かれて
□ カバーが良かったから	□ 内容が面白そうだから
□ 好きな作家だから	□ 好きな分野の本だから

・最近、最も感銘を受けた作品名をお書き下さい

・あなたのお好きな作家名をお書き下さい

・その他、ご要望がありましたらお書き下さい

住所	〒				
氏名		職業		年齢	
Eメール	※携帯には配信できません	新刊情報等のメール配信を 希望する・しない			

この本の感想を、編集部までお寄せいただけたらありがたく存じます。今後の企画の参考にさせていただきます。Eメールでも結構です。

いただいた「一〇〇字書評」は、新聞・雑誌等に紹介させていただくことがあります。その場合はお礼として特製図書カードを差し上げます。

前ページの原稿用紙に書評をお書きの上、切り取り、左記までお送り下さい。宛先の住所は不要です。

なお、ご記入いただいたお名前、ご住所等は、書評紹介の事前了解、謝礼のお届けのためだけに利用し、そのほかの目的のために利用することはありません。

〒一〇一 - 八七〇一
祥伝社文庫編集長 坂口芳和
電話 〇三（三二六五）二〇八〇

祥伝社ホームページの「ブックレビュー」からも、書き込めます。

http://www.shodensha.co.jp/bookreview/

祥伝社文庫

元彼女《モトカノ》…

平成28年3月20日　初版第1刷発行

著　者　草凪優《くさなぎゆう》

発行者　辻　浩明

発行所　祥伝社《しょうでんしゃ》

東京都千代田区神田神保町3-3
〒101-8701
電話　03（3265）2081（販売部）
電話　03（3265）2080（編集部）
電話　03（3265）3622（業務部）
http://www.shodensha.co.jp/

印刷所　萩原印刷
製本所　ナショナル製本
カバーフォーマットデザイン　芥 陽子

 ISBN978-4-396-34189-3 C0193

祥伝社文庫の好評既刊

草凪　優　ろくでなしの恋

最も憧れ、愛した女を陥《おとし》れた呪わしい過去……不吉なメールをきっかけに再び対峙した男と女の究極の愛の形とは？

草凪　優　目隠しの夜

彼女との一夜のために、後腐れなく〝経験〟を積むはずが……。平凡な大学生が覗き見た、人妻の罪深き秘密とは？

草凪　優　ルームシェアの夜

優柔不断な俺、憧れの人妻、年下の恋人、入社以来の親友……。もつれた欲望と嫉妬が一つ屋根の下で交錯する！

草凪　優　女が嫌いな女が、男は好き

超ワガママで、可愛くて、体の相性は抜群。だが、トラブル続出の「女の敵」！　そんな彼女に惚れた男の〝一途〟とは!?

草凪　優　俺の女課長

知的で美しい女課長が、ノルマのためにとった最終手段とは？　セクシーな営業部員の活躍を描く、企業エロス。

草凪　優　俺の女社長

清楚で美しい、俺だけの女社長。ある日、もう一つの貌を知ったことから、切なくも、甘美な日々は始まった……。

祥伝社文庫　今月の新刊

安東能明
限界捜査
『撃てない警官』の著者が赤羽中央署の面々の奮闘を描く。

石持浅海
わたしたちが少女と呼ばれていた頃
青春の謎を解く名探偵は最強の女子高生。碓氷優佳の原点。

西村京太郎
伊良湖《いらご》岬　プラスワンの犯罪
姿なきスナイパーの標的は？　南紀白浜へ、十津川追跡行！

南　英男
刑事稼業　強行逮捕
食らいついたら離さない、刑事たちの飽くなき執念！

草凪　優
元彼女《モトカノ》…
ふいに甦った熱烈な恋。あの日の彼女が今の僕を翻弄する。

森村誠一
星の陣（上・下）
老いた元陸軍兵士たちが、凶悪な暴力団に宣戦布告！

鳥羽　亮
はみだし御庭番《おにわばん》無頼旅
曲者三人衆、見参。遠国御用道中に迫り来る刺客を斬る！

いずみ光
桜流し　ぶらり笙太郎《しょうたろう》江戸綴《つづ》り
名君が堕ちた罠。権力者と商人の非道に正義の剣を振るえ。

佐伯泰英
完本　密命　巻之十一　残夢　熊野秘法剣
記憶を失った娘。その身柄を、惣三郎らが引き受ける。

井川香四郎　小杉健治　佐々木裕一
競作時代アンソロジー
欣喜《きんき》の風
時代小説の名手が一堂に。濃厚な人間ドラマを描く短編集。

鳥羽　亮　野口　卓　藤井邦夫
競作時代アンソロジー
怒髪《どはつ》の雷
ときに人を救う力となる、滾る〝怒り〟を三人の名手が活写。